TUNDRA

ALEX CRIVIER

TUNDRA

1ª edição

BREAK POINT EDITORA LTDA.

Ribeirão Preto / SP

2022

Catalogação na Publicação (CIP)
(Break Point Editora Ltda.)

C936t Crivier, Alex, 1968

Tundra / Alex Crivier;
1. ed. – Ribeirão Preto: Break Point Editora Ltda.
2022. 224 p.

ISBN 978-65-87149-12-7
1. Romance; ficção. I. Título

CDD: B869.3
CDU: 82-311

Break Point Editora Ltda.
Caixa Postal 45 – CEP: 14001-970
Ribeirão Preto/SP (16) 3877-9511
www.breakpointeditora.com.br

AOS PASSARINHOS,

e aos

indignados,

por sua luta

contra os

indignos.

PRÓLOGO

O último a chegar é "mulher do padre", gritava Penugem, e todos saíam correndo em disparada pelo meio da mata, em direção à cachoeira...

"Mulher do padre". Nem sabíamos o que isso queria dizer. Éramos apenas moleques.

Jeremias suspirou entristecido.

O passado não volta jamais.

Na tundra gelada, com o frio envolvendo e rachando tudo – pele, boca, olhos, ossos e átomos –, deixou a infância de lado e foi inspecionar uma de suas armadilhas, frustrando-se ao encontrar o mesmo resultado dos dias anteriores.

Essa porcaria de lebre de novo! – DROGA! – gritou irritado, arrancando brutalmente o pequeno animal das estacas que o trespassavam e jogando-o ao chão com desaforo. Num acesso de fúria, chutou violentamente o agonizante petisco orelhudo, mandando-o para longe de si.

---

[1] *Doutor, doutor, o que está errado comigo? Essa vida de supermercado está ficando longa...*

Só um monstro submeteria criatura tão fofa a tal humilhação. Ou, talvez, um (haverá diferença?) homem enlouquecido...

Desconjuntado, desequilibrou-se e caiu pateticamente no impassível *permafrost*.

A aurora boreal riu-se da estúpida cena.

Com a mente formando cristais de gelo ao invés de sinapses, ergueu a cabeça do solo e levantou-se com dificuldade, ficando imóvel pelo que pareceu uma eternidade, com o olhar fixo no vermelho sangue espalhado na neve branca.

Arrependeu-se e correu trôpego até o bicho.

Não! Tudo bem! Tudo bem, você serve. Você serve... – pranteou ajoelhado, com o miúdo corpo ainda tendo espasmos mornos em suas mãos.

Pelejou mais uma vez com sua improvisada fogueira, como vinha fazendo desde que chegara àquele lugar – que odiava macacos pelados. Inundou-se de triunfo quando, novamente, transubstanciou árvore em calor. O espectro bruxuleante laranja-avermelhado elevou-se da pilha de madeira como um *Djim*, e ofereceu seus serviços ao seu senhor, para o bem ou para o mal.

No momento, sapecar uma lebre era tudo o que queria o grande mestre fingido.

A cada mordida na insuficiente carne da presa, uma compreensão primitiva emergia lentamente

das entranhas daquele improvável homem–das–
neves.

Matéria reclama matéria.

Não é diferente para qualquer ser vivo. E
nem para ele, cujo corpo, agora uma carcaça surrada
e exausta, exigia combustível para não congelar.

Certas coisas são terrivelmente simples.

Aquela manhã estava mais fria que as anteriores; a temperatura estava negativa e nada mais havia nas prateleiras da cabana. Nenhum supermercado na esquina, nada embalado e pronto.

No delivery.

Ali só havia vida *in natura*, que Jeremias agora roubava, desesperadamente. Com o fantasma da
"rabbit starvation" sentado ao seu lado, mastigava
com desgosto sua magra porção de proteínas.

Eu não passo de um bosta...

Matar para sobreviver o abala.

É extenuante, principalmente para quem se
achava um guardião da vida.

Todas as suas convicções estavam se despe-
daçando rápido demais.

A tundra é um lugar brutal, áspero, cru.

E lindo.

A chave para a compreensão de tudo, se isso for possível, está ali.

Um urso se aproximou do outro lado da margem do imenso lago próximo à cabana. Indiferente à presença do ermitão, bebeu água. Ocorreu a Jeremias que um urso não é cruel quando mata. Crueldade não é um conceito para ele. Está apenas sendo "urso".

É de sua natureza.

Ninguém ensinou nada àquela besta. Ele simplesmente sabe o que fazer. Eu não. Eu estou sendo drenado pela diarreia por causa dessas lebres... Afinal, qual é a minha natureza? Eu peço desculpas pra essas porras de pelúcia cada vez que as destroço. E elas nem me alimentam direito; vão é acabar me matando... Eu sou mesmo uma piada.

Um esboço de ironia pendurou-se no canto esquerdo de sua boca, e amargou.

Porque queremos ter um bom relacionamento com aquilo que vamos comer? Nenhum outro ser age assim. Será a extrema culpa que carregamos pelas coisas que fazemos? Somos fisicamente animais, mas nossa mente nos diz que somos mais que isso. Mas esse "mais" não se manifesta em algo superior. Basta um lugar como este para retrocedermos à bestialidade. Perdemos a noção do que somos. A civilização apenas reprime nossa essência... Huh! E eu ainda me achava mais consciente que os ou-

tros. Aquele monte de banha peludo lá na margem tem mais consciência da vida que eu!

O monte de banha peludo defecou solenemente no cascalho molhado e, virando com desprezo seu imenso traseiro na direção de Jeremias, cruzou moroso e rebolante o ecótono, retornando à floresta.

Pudesse ler pensamentos, não daria as costas ao esquálido que o fitava de longe...

Quanta gordura... Se eu tivesse um rifle...

A luz do sol começou a gotejar e Jeremias decidiu apagar a fogueira e recolher a lenha para a lareira. Ao entrar na cabana, verificou as portas e janelas e se deteve por um instante, observando as coisas ao seu redor.

Quase tudo aqui é supérfluo. Apenas conforto.

Uma tempestade desabou implacável. Mas estava lá fora, e ele estava dentro da cabana, um refúgio artificial construído pela inteligência humana, capaz de modificar o meio. Considerando a violência daquele clima, agradeceu por isso. Percebeu-se, então, tão igual aos que costumava condenar. Simplesmente existir, como faziam os animais, não lhe era possível mais. O ponto de inflexão já havia ficado para trás.

As palavras de Elton começavam a fazer sentido. O fogo crepitando na lareira era hipnótico, e o *Djim* seduziu seu amo...

PREDESTINADO

Sem qualquer possibilidade de elegância, Jackie rasteja de quatro sobre o porta-malas da reluzente limusine Lincoln Continental, com pedaços de cérebro e sangue de Jack no tailleur-réplica Chanel, rosa com lapela azul-marinho. O rebuliço toma conta da Dealey Plaza.

Um homem no sexto andar do Texas School Book Depository se agacha para esconder o recém-disparado rifle italiano Carcano. Ao se levantar, dá de cara, aterrorizado, com seu reflexo no vidro da janela-cúmplice...

Jeremias acordou assustado.

Um homem pode mudar o mundo?

Colocou mais lenha na lareira, encheu uma jarra com água e a pôs para ferver.

Um chá de ervas vai fazer bem.

Enquanto aguardava, refletia sobre o sonho.

Um homem, uma decisão individual, um ato solitário. E a história muda completamente. Mas o preço é alto...

Desde seu reencontro com Elton, Jeremias vinha sendo infernizado por um milhão de dúvidas. As palavras dele ecoavam em sua mente sem parar.

Tenho sido radical há muito tempo.

O chá estava pronto. Elton poderia estar certo. Jeremias era um homem; apenas um homem... E, na ancestral tundra ártica, com a linha de coníferas como testemunha, sua decisão estava tomada...

♫ *Bartender, what is wrong with me?*

Why am I so out of breathe?

The captain said, "excuse me, ma'am,

this species has amused itself to death".[2] ♫

---

[2] *Garçom, o que há de errado comigo? Por que estou tão sem fôlego? O capitão disse, "Com licença, madame, essa espécie se entreteve até a morte".*

CAPÍTULO I

> ♫ *Who can make hard–won gains*
>
> *fall, like the summer rain?*
>
> *Every man must be, what his life can be.*[3] ♫

O chofer esperava com paciência a liberação do tráfego. Não bastasse o engarrafamento logo cedo, caía uma chuva fina, dessas que trazem a melancolia do passado nas gotas, fazendo Elton perder-se em pensamentos, acompanhando a água a escorrer pelos vidros escuros da limusine.

Pensou em Jeremias e veio-lhe à mente a cachoeira na Lagoa dos Anjos...

– Não te admira Elton? Não é uma benção?

– É demais! Só que você perde muito tempo aí, abestalhado. Eu quero é aproveitar.

– Você só sabe chegar correndo e pular nas árvores, seu peste. Não, amigo, é preciso fazer parte do lugar.

– Eu hein! Deixo essas coisas pra quando ficar velho. Aí terei todo o tempo do mundo pra filosofar a respei-

---

[3] *Quem pode fazer ganhos duramente conquistados caírem, como chuva de verão? Cada homem deve ser, o que a sua vida pode ser.*

to. Por enquanto, vou ser malcriado com alguns galhos na beira da lagoa.

E o garoto Elton disparava, pendurando-se no maior apêndice da grande árvore da margem, executando uma perfeita cambalhota bem no meio da lagoa, sendo recebido aos berros pela turma. Jeremias ficava sentado no alto da Pedra de Gabriel, sonhando acordado.

Onde será que está o Jeremias?

Nada é para sempre. Cedo ou tarde a vida atropela a todos, brincadeiras numa lagoa passam a ser apenas um sonho distante, e amigos desaparecem no tempo...

O apito estridente do guarda de trânsito liberando o tráfego trouxe o adulto de volta, com o eco da frase dita naquela distante tarde:

"... deixo essas coisas pra quando ficar velho."

Elton não estava velho. Mas sentia-se velho. Velho no sentido de não conseguir mais passar uma tarde numa cachoeira qualquer. Velho a ponto de apenas filosofar a respeito de cachoeiras. A chuva cessou e o motorista, manobrando precisamente na área *vip*, virou-se para trás e informou:

– Estamos no aeroporto, senhor.

Arrancado de suas lembranças, o passageiro começou a se organizar, enquanto o chofer contornava o veículo e vinha abrir-lhe a porta.

- Alice o aguarda na área de embarque, senhor. Boa viagem – disse, segurando-lhe um guarda-chuva preto fechado.

- Obrigado Mário – agradeceu Elton, apressando-se a descer da limusine.

Antes de se afastar, porém, seu servidor de longa data o encarou e, inesperadamente, disse:

- Acreditamos no senhor, governador. Eu e minha família confiamos que vai vencer a convenção. Boa sorte.

Retornando ao volante, saiu com o carro, deixando Elton parado na entrada do hangar, escorado pelo guarda-chuva. E ele deu-se conta de quem era e aonde havia chegado. O partido queria seu nome para a campanha presidencial. A convenção nacional no fim de semana decidiria seu destino.

Acompanhado da secretária Alice, Elton entrou no avião, onde o piloto informou que estava pronto para decolar. Alice cuidara de tudo, como sempre.

Encostado na janela lateral, ele ficou olhando a paisagem diminuir, até se tornar apenas uma palheta de cores, e adormeceu...

Loucura! Loucura, loucura...

Elton acordou de um salto. Olhou em volta e certificou-se de que ainda estava no avião. Chamou Alice e pediu um copo d'água.

– Está tudo bem, senhor? – perguntou a fiel assistente, achando-o muito pálido.

– Está, está tudo bem. Foi só um sonho maluco – respondeu confuso.

Os desgraçados ficaram discutindo custos! Quem pagaria a conta! Barganharam pelo esquema mais barato... FILHOS DA PUTA!

Seu pensamento indignado lhe revelava que não fora apenas um sonho; fora um aviso...

O avião pousou suavemente na pista do aeroclube, e um carro conduziu a pequena comitiva até o pátio de recepção do hotel-fazenda, onde já se encontrava a roliça figura do senador Aurélio, conhecido da família de Elton há muito tempo.

– Elton, meu querido. Seja bem-vindo. Onde estão Marta e as crianças?

– Olá senador. Jonas e Clarinha não poderiam vir, tinham compromisso já marcado. E Marta, você sabe, não desgruda deles. Então... desculpe-nos.

– Mas Elton, é a convenção do partido. É imprescindível a presença da família.

– Bom, era um compromisso inadiável. Mas não se preocupe, acho que as pessoas entenderão. Por favor, Aurélio, vamos entrar. Preciso descansar um pouco antes de cumprimentar a todos.

Aurélio trouxera muitas pessoas para apoiar a candidatura, mas os favores daquela gente poderiam sair exorbitantemente caros.

As prostitutas políticas.

A valsa começara, mas do outro lado do salão não havia qualquer donzela como par.

Só havia as putas, vulgarmente vestidas.

Mas se fosse esse o único caminho, os fins justificariam os meios. Sempre acreditou nisso.

A suíte reservada pelo comitê do partido era muito bem decorada, demonstrando o esmero do hotel na acomodação de seus hóspedes. Elton sentou-se em uma confortável cadeira vermelha, próxima à janela. Tudo era refinado. Interesses estavam apostando alto.

"Dádivas não conferem direitos" – pensou. *Mas essa gente está pouco se lixando para Nietzsche. Aqui, exigirão algo em troca...*

Após um banho restaurador, Elton desceu para o hall. Alice o aguardava e indicou-lhe o caminho do salão, acompanhando-o até a mesa, onde já estavam sentados correligionários do partido e seu redondo padrinho político. Cumprimentou a todos cordialmente e sentou-se ao lado do senador. Mal teve tempo de acomodar-se quando percebeu que este se levantara e dirigia-se a um pequeno palanque, instalado pelo hotel no canto do salão.

– Senhoras e senhores, sejam bem–vindos! Antes de provarem do delicioso cardápio do hotel, peço que desfrutem um pouco das não menos deliciosas palavras do senhor governador e, esperamos todos, nosso candidato à Presidência, que como sabem é um orador de primeira. Suba aqui Elton! – berrou Aurélio.

Sob os intensos aplausos, Elton dirigiu–se ao palanque, passando lentamente o olhar pelo salão, mirando rostos e expressões.

– Obrigado a todos. Por favor, perdoem a ausência de minha esposa e de meus filhos, eles estão num piquenique na mata. São espertos; ficamos nós com as obrigações. Então, para tornar minha falação um pouco menos tediosa, ao invés de fazer um discurso tradicional, eu gostaria de propor a vocês um jogo mental, cujo objetivo é identificar um paradoxo, oculto nas entrelinhas da estória que pretendo contar. Topam?

Entre esfuziantes "sim", "vamos lá", "manda ver", e contidos acenos positivos de cabeça, Elton começou sua narrativa, observado pela (agora intrigada) figura do senador.

– Um viajante chegou numa hospedagem decadente, numa cidadezinha de beira de estrada poeirenta e agonizante, falida em todos os aspectos. Aproximou–se e perguntou ao recepcionista da espelunca quanto custaria o melhor quarto do lugar, para passar uma noite. O sujeito respondeu que era $100. O homem colocou uma nota de $100 sobre o balcão e disse que iria subir para ver o cômodo. Se não gostasse, não iria ficar. O recepcionista entregou a chave do último quarto do último andar ao homem, que se dirigiu então às escadas.

"Imediatamente o recepcionista pegou a nota de $100, correu até a padaria na esquina e pagou o que devia ao padeiro, para que este voltasse a fornecer para o hotel.

"O padeiro correu ao quarteirão da frente da padaria, até a casa do mecânico, que havia consertado seu carro, pagou-o e pegou seu veículo para voltar a fazer novamente suas entregas.

"O mecânico correu dois quarteirões até a imobiliária e pagou o aluguel de sua oficina, para poder voltar a trabalhar com suas ferramentas.

"O dono da imobiliária, um viúvo, foi rapidamente até o bar no final da rua e pagou à cortesã, que prometeu voltar a lhe aliviar a solidão.

"A cortesã correu até o hotel e pagou ao recepcionista o que lhe devia pelo uso dos quartos: $100.

"Neste instante, o viajante vinha descendo os últimos degraus da escada. Ele aproximou-se do balcão e disse ao atendente que não iria ficar, pois não gostara do lugar. O recepcionista devolveu-lhe sua nota de $100 e o viajante foi-se embora.

"Daquele dia em diante, a cidadezinha voltou a prosperar, pois todos haviam quitado suas dívidas uns para com os outros, e a confiança fora reestabelecida."

Elton notou um sorrisinho maroto em Alice. A cara de Aurélio dava a entender que desentendia.

– Prezados, talvez até já a tenham ouvido, mas o que aconteceu nesta estória? Qual é o paradoxo, afinal? – perguntou ele.

O silêncio foi geral. Como normalistas em dia de chamada oral, ninguém quis arriscar um palpite. Elton fez um curto suspense e esclareceu:

– Meus caros, a economia do lugar foi revitalizada sem que nenhum capital novo tivesse sido incorporado a ela. O dinheiro do viajante engraxou toda a engrenagem daquele mercado e voltou a ele. A premissa de uma boa economia é o dinamismo. A riqueza precisa circular para haver bem estar social. É o que farei como presidente. Obrigado.

♫ *Who'd like to change the world? Who want's to shoot the curl? Who gets to work for bread? Who want's to get ahead?*[4] ♫

---

[4] *Quem gostaria de mudar o mundo? Quem quer surfar num tubo? Quem quer trabalhar pelo pão? Quem quer sair na frente?*

CAPÍTULO II

> ♫ *Don't drink the water.*
>
> *There's blood in the water...*[5] ♫

– MINOS, CHEGA MAIS PERTO! VAMOS, MAIS PERTO! – berrava Jeremias. – ME DEIXE MAIS PERTO DOS CABOS DOS ARPÕES! VAMOS! AGORA!

– O BALAIEIRO VAI DISPARAR DE NOVO! SAIA DAÍ JÊ!

Ignorando a advertência do comparsa, Jeremias saltou do bote de assalto para as costas da *minke* desesperada e, agarrando-se no cabo de um dos arpões cravados no animal, começou a subir em direção ao canhão.

Os marinheiros do *Yushin Maru* miraram seus jatos d'água no intruso, mas o bote de assalto de Minos bateu furiosamente contra a elevada proa do baleeiro.

O ativista recebeu todo o impacto e mergulhou nas águas agitadas.

Jeremias viu Minos em meio ao vermelho do mar e apressou-se.

---

[5] *Não beba a água. Há sangue na água...*

Em uma última visão do que acontecia abaixo de si, cruzou o olhar da baleia arpoada e se viu refletido. Começou a experimentar uma espécie de suspensão temporal, quando ouviu um zunido seco e um jato de sangue grosso esguichou na sua cara. Outro arpão irrompera na cabeça da *minke*, perfurando seu olho e libertando sua energia.

Aturdido, Jeremias reagiu por reflexo e projetou seu corpo num balanço incerto, acabando esparramado no convés do barco da morte, aos pés do balaieiro.

– AQUI! AQUI! – gesticulava Minos para o bote de resgate do ativista Klaus, aflito para sair da água rubra. Os tubarões já rondavam. Resgatado o irmão, Klaus tentou ver Jê, mas não conseguiu.

No convés do navio japonês, Jeremias era apresentado a uma opinião um pouco diferente da dele sobre aquela pescaria:

– ここから出て、あなたは雌犬の息子です。あなたは私たちのテーブルに食べ物を置かないでください！(Koko kara dete, anata wa meinu no musukodesu. Anata wa watashitachi no tēburu ni tabemono o okanaide kudasai!)

Jeremias não entendeu nada.

– SAIA DAQUI, SEU FILHO DA PUTA. VOCÊ NÃO PÕE COMIDA NA NOSSA MESA!

Agora ele entendeu.

A mensagem veio acompanhada de uma persuasiva botinada na cara viscosa.

Imediatamente, vários marujos agarraram-no e o arrastaram para a popa, para longe do canhão de arpão.

Jeremias agitava-se freneticamente quando, numa fração de segundo, viu o corpo da baleia *minke*, em cujo último olhar havia se aninhado, ser içado e despejado no açougue flutuante da embarcação, para ser fatiado em mil pedaços.

Parou de resistir e os marujos, sem hesitar, jogaram-no ao mar.

– Deixe que os outros malucos o recolham – disse um dos marinheiros. – Que sirva de lição para pararem de atrapalhar nosso trabalho. Eles não pagam nosso salário.

O ativista Walter esticou a mão e puxou Jeremias para dentro de seu bote de resgate. Avisou Klaus, pelo rádio, que estava com Jê. Os ativistas Marcos e Jorge recuperaram o bote de assalto de Minos e se juntaram aos colegas.

Exaustos, os ativistas ficaram à deriva por alguns momentos, observando o imenso navio processar a baleia abatida.

O sangue no convés e no mar era nauseante.

Jeremias gemia, enquanto seus companheiros tentavam consolá-lo, dizendo que a maioria das *minke* daquele grupo escapara.

Não adiantou muito.

Ele acalmou-se, mas seu olhar ficou parado, perdido no horizonte.

Mais nenhuma palavra foi dita naquele dia.

Na manhã seguinte, numa cabana improvisada como ponto de apoio, Jeremias estava sentado num banquinho de madeira, inclinado para frente com as pernas entreabertas, os cotovelos apoiados nos joelhos e as mãos pendidas para baixo, olhando para o chão, quando Klaus comentou:

– Jê, começo a achar que seu amigo Elton é mais esperto que nós. Estamos enxugando gelo...

Jeremias sentia que sua força de vontade enfraquecia-se. Quantas loucuras mais eles seriam capazes de fazer em nome da causa? Não tinha mais a certeza de sua juventude. Começava a duvidar que estivessem no caminho certo.

Aonde chegaremos agindo assim?

A única coisa ainda intacta dentro de si era sua dor. Talvez fosse hora de rever Elton, e tentar entender o caminho escolhido pelo velho amigo.

♫ Não é possível que você suporte a barra

De olhar nos olhos do que morre em suas mãos

E ver no mar se debater o sofrimento

E até sentir-se um vencedor neste momento...

Não é possível que no fundo do seu peito

Seu coração não tenha lágrimas guardadas

Pra derramar sobre o vermelho derramado

No azul das águas que você deixou manchadas... ♫

CAPÍTULO III

Alguns aplausos foram exaltados. Elton foi ovacionado por parte da plateia. Mas também havia semblantes sérios e preocupados.

Com seu peculiar discurso, Elton decidiu a convenção do partido. Uma figura em particular sentiu-se orgulhosa. Uma figura que, apesar de estar um tanto ocupada, procurara acompanhar tudo, e, de vez em quando, observava a expressão e o brilho nos olhos do governador.

– Garçom, por favor, você tem mais vinho?

– Imediatamente, senhor – respondeu a figura ao convidado. Dirigiu-se à adega e, na volta, ao passar defronte a mesa de Elton, viu que este havia se levantado e encaminhara-se ao jardim, em companhia de uma mulher. Não hesitou:

– Belo discurso, senhor! Aceitam um pouco de vinho? – disse o garçom.

---

[6] *Quem concede direitos iguais? Quem começa e termina essa luta? E não reclama e delira, ou acaba um escravo...*

– Sim, obrigado – respondeu Elton, pegando uma das taças. – Você aceita, Alice?

– Não, obrigada. Pode ficar aqui um instante? O senador quer uma foto e acho que o jardim é perfeito. Vou chamá-lo. Não saia daí, hein!

O ansioso garçom agradeceu mil vezes ao universo pela chance. Tomou coragem e disse:

– O vinho está do seu agrado, governador?

– Sim, está muito bom – respondeu intrigado, virando-se e encarando-o.

– Tanto quanto os da vinha de papai? – perguntou o garçom, enigmático.

O rosto de Elton contraiu-se e uma interrogação estampou-se em sua face.

– Conheço seu pai? Já estive em sua casa? – balbuciou, enquanto seus neurônios reviravam baús antigos e memórias turvadas.

– Você conheceu meu pai e minha mãe. Mas conhece a mim, melhor que eu mesmo. Muitos anos podem ter se passado, mas eu também o conheço melhor que você mesmo.

De repente o governador abraçou o garçom e destampou a chorar.

– Jeremias? Jeremias, sua besta! Onde você se meteu? Que maluquice! Por que sumiu? Por que não pediu minha ajuda? E essa barba? – dizia sem parar, apertando-o contra o peito.

– Elton, contenha-se. Eu sou o garçom! As pessoas estão olhando. E aquela mulher está voltando com um fotógrafo e o sujeito gordo – disse Jeremias, tentando segurar as lágrimas.

– É claro, desculpe, desculpe. Escute, precisamos conversar. Tome este cartão com meu endereço – disse Elton, enfiando a mão no bolso interno de seu paletó. – Mostre-o ao porteiro da guarita. Isso fará com que ele o atenda. Estarei em casa na próxima semana, a convenção do partido acaba neste domingo. Dê um jeito de ir, é muito importante para mim. Não desapareça de novo, Jê, por favor.

Dizendo isso, virou-se e foi em direção a Alice e ao senador, enxugando o rosto com as mangas do paletó.

Jeremias tratou de desaparecer no meio da multidão, não sem antes escutar:

– O garçom o perturbou, Elton? Quem era?

– Um amigo, senador. Um velho e querido amigo de infância...

– Tenha mais cuidado Elton – disse o senador, puxando-o para seu lado. – Ainda que seja seu amigo, é um garçom... Isso aqui está cheio de fotógrafos. Pode pegar mal se alguém o fotografou atar-

racado com ele. Não faça nada que possa prejudicá–
lo agora, estamos quase lá. Você foi maravilhoso...

10h15min. Jeremias havia viajado a noite toda, mas não estava cansado. Conversar com Elton
era algo que ele não esperava que fosse acontecer
tão depressa. Estava muito ansioso. Cauteloso, pediu ao motorista do táxi que o deixasse a dois quarteirões do endereço que tinha, e assim ele o fez, es-
tacionando próximo à calçada, defronte a uma mansão não muito diferente das outras ao redor. Era,
sem dúvida, um bairro elegante. Jeremias pagou ao
taxista e iniciou uma introspectiva caminhada pelas
calçadas bem cuidadas, observando os suntuosos
portões dos imóveis, cujas frestas insinuavam ma-
jestosos jardins. A visão daquelas mansões começou
a cutucar sua consciência, e a empurrá–lo para um
antigo lamaçal moral, do qual ele sempre tentara
escapar, mas nunca conseguira.

A areia movediça...

*Que direito as pessoas que moram nestas casas
têm de morar nelas?*

As garras da Quimera...

*Conceder direitos iguais significa proporcionar
moradias como estas para todos?*

Os punhos do Leviatã...

Ou igualar os direitos implica em que ninguém more em casas assim?

Ao chegar defronte ao endereço do cartão, o predestinado foi cuspido por seu superego, e recompôs-se como pôde... Era uma casa discreta. Grande, é verdade, mas sem maiores ostentações. Apenas uma casa comum, com uma boa segurança. A casa de Elton. Despojada, na medida do possível, considerando-se que ele era o governador. Seu espírito alegrou-se. Aproximou-se da guarita e fez sinal para o guarda, que apontou para o interfone.

– Por favor, eu gostaria que comunicasse ao Sr. Elton que Jeremias está aqui e deseja vê-lo.

– Sinto muito, mas o Sr. Elton não está – disse o guarda educadamente, mas de forma firme.

– Desculpe insistir, mas ele deu-me um cartão e disse que eu deveria apresentá-lo na guarita.

Abrindo uma portinhola minúscula, o segurança fez sinal através do vidro para que Jeremias colocasse o cartão ali. Ele procedeu como ordenado e aguardou. Pôde ver que o funcionário interfonou. Alguns momentos depois, o portão se abriu e um mordomo veio recebê-lo à porta. Era um senhor já de idade, vestido com muita discrição. Com cortesia, convidou-o a entrar. Jeremias adentrou ao hall e seguiu-o até uma sala de estar ampla e arejada, com uma enorme janela por onde entrava a claridade e uma leve brisa.

– O Sr. Elton está no banho. Em breve irá recebê-lo. Deseja beber alguma coisa? – perguntou-lhe o ancião.

– Prezado, um suco seria fantástico. Laranja? Se possível, é claro. Naturalmente, uma água já estará de bom tamanho.

– É um prazer servi-lo, Sr. Jeremias. O senhor é bem vindo nesta casa. Com licença – disse o serviçal, desaparecendo no corredor.

Será que Elton andou falando de mim?

Curioso, começou a perambular pela sala, observando o ambiente.

Acho que todo mundo bisbilhota quando fica aguardando alguém...

Pegou um porta-retratos que estava sobre o aparador e demorou-se admirando uma bonita mulher abraçada a Elton, tendo ao fundo o que lhe pareceu ser um bosque. Recolocou o objeto no lugar e ampliou seu olhar. Na parede havia dois retratos, um garoto e uma menina, sorridentes, de olhos lindos e brilhantes.

Por todos os lados havia lembranças.

Memórias de um lar.

Cada detalhe da casa parecia ter uma história a contar, como se, ao pisar no tapete, fosse possível imaginar a loja no Oriente médio de onde viera. Ou a antiga escrivaninha, que poderia narrar como fora objeto da disputa de dois ansiosos compradores, num leilão de antiguidades, desses realizados em antigos casarões de cidades litorâneas.

Nada disso Jeremias teve.

Uma tristeza profunda apoderou-se de seu ser e, pela primeira vez, ele questionou o que julgava ser o seu destino. De quantas coisas abrira mão, perambulando de um lugar a outro, correndo atrás de um ideal que, a cada vez que se aproximava, parecia ficar ainda mais distante?

Quantas noites só.

Quantas conversas sérias demais.

Deteve-se no corredor, diante de um quadro com a pintura do rosto de um estranho palhaço, cujo semblante transmitia um misto de melancolia e desilusão, como se estivesse cansado da obrigatória felicidade que sua maquiagem lhe impunha.

Sentiu-se defronte a um espelho.

– É o que somos todos nós, velho amigo. Palhaços, só que sem o brilho da fantasia – disse Elton, aproximando-se e dando-lhe um abraço.

– A expressão deste quadro é impressionante! Quem pintou? – perguntou interessado.

– Ninguém conhecido. Apenas mais um que não sabe o valor que tem, nem aonde pode chegar. As pessoas não acreditam em si mesmas, Jê.

– Você acredita em si mesmo? Acha que pode conseguir o que disse em seu discurso?

– Quanto do meu discurso você ouviu?

– Tudo.

– E que diabos você fazia lá, de garçom?

– É uma longa história.

– Tenho tempo. A convenção acabou, sou oficialmente candidato à Presidência pelo partido e, antes de entrar em campanha, tirei esta semana para mim. O senador Aurélio será o vice. Daqui em diante as coisas vão engrossar e preciso estar com a cabeça em dia, preparado para as pressões.

– Bom, a verdade é que fui espionar você. Suas declarações de que possui projetos que seriam a solução pra tudo, sabe? Ficamos curiosos e assumi a missão de te acompanhar de perto. Não foi difícil ser contratado pelo *bufett*.

– "Ficamos"? Você e quem mais?

– Atuo na célula ativista de uma organização de preservação ambiental. Recebeu minha carta?

– Ativista... Tem se amarrado em árvores ultimamente, Sr. Jeremias? Tem conseguido atenção?

– Tire o sorrisinho bobo da cara. O trabalho que fazemos é necessário. É preciso mostrar o que está acontecendo. Acredito na ação. Ao que parece você prefere ficar com a bunda pregada na cadeira, cheirando papel em intermináveis reuniões inúteis, enquanto tudo acontece debaixo do seu nariz.

O semblante de Elton ficou sério.

– Desculpe, Jê. Em primeiro lugar, recebi sua carta. Na verdade, guardo-a comigo, em minha carteira. Veja.

Elton tirou um pedaço de papel amarelado dentre seus documentos e o entregou a Jeremias.

"Amigo Elton, minhas raízes foram arrancadas de meu berço, e pairo agora no ar, tal qual semente de dente-de-leão carregada pelo vento. Enterrei meus pais, vendi a fazenda, e digo-lhe adeus. Estou me filiando a uma organização ambientalista e, doravante, me dedicarei à causa ecológica. Boa sorte aí na capital. Se o vento assim o quiser, talvez algum dia esta semente perdida desça em seu quintal..."

Jeremias sentiu um nó na garganta. Aquilo tocava feridas profundas, não cicatrizadas.

– Saiba que fui ao seu encontro, mas cheguei tarde demais. Sinto pelos seus pais, fiquei chocado. Só soube depois o que aconteceu, e entendi sua atitude. Mas você errou ao desaparecer. Esqueceu-se daqueles que te amam. E esqueceu-se que uma andorinha só não faz verão. Por que não me procurou? Por que um papel com oito linhas? Minha vida mudou tanto quanto a sua! Uma parte de mim morreu junto com a lagoa. E também jurei dedicar minha vida a impedir aquele absurdo.

– Engravatado? Bebendo com eles? Fazendo acordos de madrugada? – interrompeu Jeremias, decepcionado.

– Jê, você entendeu meu discurso?

– É apenas uma estória. Quero saber dos tais projetos.

– Pois bem. Vamos falar do alvo preferido dos ambientalistas. O que você consegue quando impede um pesqueiro, um baleeiro, ou um madeireiro de trabalhar um dia? Ah! Sim, claro! Que burro eu sou! Você impede a morte de alguns peixes, alguns mamíferos, algumas árvores, eu sei lá! Mas e no dia seguinte? E no seguinte? E os outros barcos? E em toda a extensão do mar? E todas as florestas?

"Jeremias, Jeremias... você não pode combater o efeito, tem que combater a causa. A demanda gera a oferta. Enquanto existir alguém para comprar, haverá alguém para vender. Parar alguns não vai solucionar o problema. Venha, vamos dar uma volta."

E, pegando Jeremias pelo ombro, conduziu-o até uma escadaria, que dava num pátio inferior. Quando iam saindo, o mordomo chamou:

– Sr. Jeremias, seu suco!

– Obrigado, eu já havia me esquecido.

– Senhor Elton, por acaso discutiam? – perguntou o velho homem, com uma autoridade que seu traje não lhe conferia.

– Não, Antenor. É apenas um saudável retorno à infância. Mudaram apenas os temas – disse ele, roubando da mão de Jeremias o copo de suco e bebendo-o.

Dirigiram-se à garagem, onde o motorista Mário aguardava. Elton cochichou no ouvido do chofer e em seguida entrou na limusine, fazendo sinal para que Jeremias o acompanhasse. Os vidros escurecidos do grande veículo eram absolutamente transparentes por dentro, o que permitia uma excelente visão do exterior, sem que os ocupantes pudessem ser vistos. Conveniente para um político.

Pararam no semáforo do cruzamento de duas avenidas muito movimentadas. Tendo subtraído o suco de laranja das mãos do amigo, Elton compensou-o. Do minibar da limusine tirou uma cerveja e colocou o líquido dourado em dois copos de vidro, oferecendo um ao seu convidado especial. Então, inesperadamente, abriu o vidro do carro e jogou a lata na rua. Antes que Jeremias pudesse protestar, Elton fez um gesto com a mão, detendo-o.

– Observe.

Imediatamente uma velhinha brotou do chão com um carrinho de supermercado, pegou a lata e colocou-a junto a outras tantas que já havia juntado. O semáforo abriu e a limusine seguiu.

– O que você viu Jeremias?

– Miséria. E sua tremenda falta de educação – respondeu.

Elton contraiu os lábios e os olhos num sorriso triste.

– Não foi só miséria o que você viu. Você viu apenas um dos muitos lados do mesmo problema. O lixo é meio de sobrevivência para muita gente. Assim como a indústria pesqueira, baleeira e madeireira. E também a indústria da aviação, da mineração, do agronegócio, etc., etc., etc. Toda atividade humana faz girar a roda da economia, e gera impacto. Mas eu sei que você sabe disso. O que você e a sua gente não sabe fazer é enxergar o lado estrutural da coisa. A questão não se resume a um ou outro ato de destruição ambiental.

Elton inclinou-se para frente e, com a mão pousada no ombro de Mário, pediu:

– Pare o carro, por favor.

Desceram no acostamento, numa área de escape sobre um enorme viaduto, em meio a um emaranhado de prédios. Elton limpou as mãos num lenço de papel e jogou-o de cima do viaduto.

A provocação surtiu efeito imediato.

– Por que fez isso? Já pensou se todo mundo fizesse o mesmo?

Elton conseguira seu intento. O asqueroso clichê fora dito. Vomitou:

– "TODO MUNDO" NÃO EXISTE! NÃO HÁ UMA CONSCIÊNCIA COLETIVA E NEM UM COMPORTAMENTO COLETIVO! OS MALDITOS HUMANOS SÃO ABSOLUTAMENTE DIFERENTES UNS DOS OUTROS, SÃO INDIVIDUALISTAS E SE PREOCUPAM PRIMEIRAMENTE COM SEUS PRÓPRIOS INTERESSES! É POR ISSO QUE NÃO ADIANTA FAZER NENHUMA CAMPANHA DE CONSCIENTIZAÇÃO! CADA IMBECIL ENTENDE UMA COISA E TEM UMA OPINIÃO A RESPEITO! E DIABOS, TODOS ACHAM QUE ESTÃO CERTOS! OLHE AO SEU REDOR! DIGA: VOCÊ ESTÁ VENDO ALGUMA NATUREZA AQUI? EXISTE ALGO A SER PRESERVADO POR AQUI? OU TEMOS APENAS QUE TOMAR AS MEDIDAS NECESSÁRIAS PARA QUE O LIXO NÃO ENTUPA NOSSAS CASAS?

Toda a cidade ouviu os gritos.

Jeremias ficou mudo.

Elton encostou o quadril no *guard-rail* e ficou de cabeça baixa por uns instantes.

Finalmente, disse:

– Desculpe, Jê. É que você é tão idealista. Esse idealismo morreu em mim há muito tempo atrás. Admiro o que você faz, arriscando sua pele para que todos esses estúpidos possam ver, no horário nobre, o quanto custa nosso medíocre *"way of life"*. Mas quando as pessoas vão ao supermercado comprar pescado, não se preocupam se as redes estão trazendo também golfinhos, tartarugas e tubarões. Acha que elas vão deixar de consumir pescado por causa disso?

– Não, mas mostrando o fato podemos fazer com que sejam proibidas as técnicas nocivas – argumentou.

– O pescador artesanal não suprirá a demanda. O preço subirá e as pessoas no supermercado vão migrar para o frango. Você bloqueará as fábricas de aves, e a granjinha não suprirá a demanda. O preço subirá e as gentes no supermercado correrão para o porco. Seus piquetes fecharão as indústrias de *bacon*, e o sitiante não suprirá a demanda. O preço subirá e a massa no supermercado não poderá migrar para a vaca, porque os conglomerados mundiais de hambúrgueres manipulam a criação e o preço dos bovinos, graças ao sempre crescente vício da população por bois ralados. Começará a surgir carne de cavalo e de jegue nas prateleiras, *my friend*.

"Qual é o limite que o ecossistema pode suportar? A poluição não está no papelzinho jogado na rua. Esta é apenas uma questão de educação sanitária. Todos os dias, as pessoas produzem toneladas de lixo e acham que, porque jogam o saquinho no coletor ou dão descarga, o problema está resolvido. O lixo sumiu! Evaporou!

"Abra essa cabeça dura, Jeremias! Todas as "Lagoas dos Anjos" do mundo vão desaparecer em função de um único problema: GENTE DEMAIS. Não se trata mais de "o quê" ou "como" fazemos, mas de "QUANTO" fazemos. A natureza tem uma incrível, fantástica, estupenda capacidade regenerativa. Não fosse por isso, já estaríamos fodidos. A vida é resistente. Mas tudo tem um limite. E já passamos dele."

– É um ponto de vista malthusiano e já exaustivamente criticado, Elton. Todos têm direito à vida. Controle populacional é uma falácia. Se tomarmos cuidado com "o quê" fazemos, não teremos que nos preocupar tanto com o "quanto" fazemos e poderemos conviver com todas as outras espécies. Temos que reciclar tudo. Isso se chama desenvolvimento sustentável, senhor governador.

– Malthus estava no século XIX, meu amigo. A preocupação dele era com comida. Quando coloco a questão da quantidade de pessoas como um problema, não estou referindo-me às suas simples existências campesinas. Estou falando do que chamo de "homem-*target*". No nosso aloprado século XXI, onde o *Marketing* se transformou numa entidade científica daninha, com uma infinita capacidade de fabricar todo tipo de demanda, cada indivíduo não passa de um "protoconsumidor" estocado nas prateleiras dos conglomerados mundiais, a ser "ativado", por assim dizer, num determinado momento considerado oportuno pelas corporações, em função da maturação dos seus mercados tradicionais.

"Assim, quando Estados Unidos e Europa não conseguirem mais aumentar as vendas de seus produtos em seus mercados internos, fomentarão políticas para introduzir sistemas de *Social Welfare* em lugares com imensas populações sequiosas pelos mimos modernos.

"Se o chinês/indiano/africano médio puder acessar os bens consumidos pelo europeu/americano médio, o mundo precisará de um segundo planeta Terra em matérias–primas. Nem preciso falar onde fica a questão ambiental nesse cenário. Venha Jeremias, vamos circular um pouco mais. Quero que veja outras coisas. Gostaria de conhecer melhor o seu ponto de vista."

Elton apenas olhou para o motorista, que acenou com a cabeça. Jeremias teve a impressão de que aquilo parecia estar programado.

Saíram novamente com o carro, desta vez na direção contrária ao centro da cidade.

Os amigos permaneceram em silêncio durante o trajeto. Na infância, sempre que discutiam ficavam um tempo remoendo um ao outro.

Certas coisas não mudam.

Próximo ao aeroporto, o carro entrou por uma vicinal, chegando até um grande portão. O motorista deu duas buzinadas e um sujeito vestindo um macacão azul, todo sujo de graxa, aproximou-se e abriu-o.

– Como vai Mário? – disse o sujeito, cumprimentando o motorista. – O governador vai voar?

– Apenas um sobrevoo pela cidade. O helicóptero está disponível?

– Como sempre, com as revisões em dia. Vou pedir aos rapazes que o preparem.

Entraram pelo portão e dirigiram-se a um dos hangares, onde estava um helicóptero branco. Jeremias ficou admirando o aparelho.

– O que sente quando vê uma máquina dessas? – perguntou Elton ao amigo, reatando.

– Curiosidade. Fascínio. Sei como funciona, é claro, mas sempre vou ficar me perguntando como é possível. É fantástica!

– Jê, essa aeronave é um símbolo do que o inquieto Homem pode fazer. Voa para cima, para baixo, para os lados, paira no ar. Realmente é fantástica. Mas é também muito frágil. Basta uma mudança nos ventos para que se torne arriscado demais voar com ela.

"Essa coisa é exatamente como seu criador: instável. O Homem está tão entorpecido pelas maravilhas que criou que se sente senhor de seu destino, ignorando a mudança dos ventos, achando que furacão nenhum o derrubará. Pergunte ao piloto o que ele aconselha em caso de tempestade."

– Pouse o mais depressa que puder! – respondeu o piloto aproximando-se, estendendo a mão e cumprimentando-os.

– É o óbvio. Mas a tempestade começou há tempos e o Homem insiste em seguir adiante. Venha, Jeremias, vamos dar um passeio mais legal.

O helicóptero decolou suavemente e logo estavam sobrevoando a cidade. Do alto o caos urbano revelava-se surreal. As casas davam a impressão de estarem empilhadas umas nas outras e tudo parecia estar a ponto de desmoronar.

– Sempre que observo as grandes cidades durante um voo tenho a sensação de que tudo foi se amontoando aleatoriamente – comentou Jê.

– Essa sensação de sufocamento é decorrente do inchaço da civilização. Olhe o morro logo abaixo. É uma das maiores favelas da cidade. Aquilo lhe parece possível? Um dia, com a tempestade certa, tudo vai despencar. É uma questão de tempo. É "tragédia anunciada".

– É absurdo. Mas você é o político aqui. O que você faz a respeito?

– Pouca coisa. Não dá pra fazer muito. Quanto maior a cidade, mais difícil é a solução dos problemas. Por exemplo, se crio infraestrutura na favela e coloco transporte, rede de água, luz, esgoto e pavimentação, os lotes se valorizam, os aluguéis dos barracos encarecem e os favelados são obrigados a se mudar. Não conseguem acompanhar o padrão.

"Aí, logo, logo, eu tenho uma nova "comunidade" pobre reclamando de problemas com segurança, saúde e educação e, em algum outro lugar, uma nova favela com os antigos moradores daqui, reclamando que não têm água, luz, esgoto e pavimentação.

"Tudo está relacionado. Um problema vem de outro e cria outro."

– Elton, se tudo é assim tão impossível, porque quer ser presidente?

– Nada é impossível, Jeremias. Somos o Homem! Fazemos helicópteros! – disse exaltado, gesticulando. – Lembra-se da nossa maravilhosa infância? Por que acha que a vida era agradável?

– Porque estávamos próximos à natureza.

– Não só por isso. Olhe para baixo. Existe um rio cortando a cidade. Mas o rio está morto. A cidade o matou. Aqui também havia natureza.

"Você já visitou a Índia? Já navegou pelo Ganges? A quantidade aceitável de bactérias fecais na água é de 500 por 100 ml. Na região de Varanasi, a contagem chega a 31 MILHÕES de bactérias fecais por 100 ml. Não é mais um rio, é uma privada!

"Nossa infância foi maravilhosa pelo simples fato de que nossa cidade era pequena. Há um limite para que a vida seja sustentável. Os grandes centros urbanos estão condenados. Realmente não há solução possível para eles. Por exemplo, um pesquisador analisando a água do Tâmisa pode dizer pra você o quão podre Londres é. As drogas consumidas na antiga cidade do *Great Stink* são excretadas na urina e nas fezes de *ladies and gentlemen* moderninhos e acabam como esgoto não tratado no rio. Amostras coletadas diariamente mostram picos de consumo nos finais de semana de metilenodioximetanfetamina – *ecstasy*, caso você não saiba – e metanfetamina – *cristal* –, drogas recreativas; já a cocaína aparece em todas as amostras, ou seja, é consumida com regularidade TODOS OS DIAS pela população londrina. A pobre vida submersa nessas águas vive inocentemente chapada.

"O mesmo ocorre em Paris, Nova Iorque, São Paulo, Rio de Janeiro, etc. Já foram encontrados traços de Xanax e Valium – remédios ansiolíticos – no OCEANO! Você consegue imaginar o volume necessário dessas porcarias na água para que possam chegar a ser identificadas? É MUITO excremento contaminado, mas MUITO mesmo, tanto que nem os mares conseguem diluí-los.

"O que matou nossa Lagoa dos Anjos? Você sabe: o crescimento da cidade. Isso não tem a ver com progresso. Progresso é evolução. Mas progresso que destrói não é progresso.

"Não foi o progresso que acabou com a lagoa e os riachos. As fábricas podem tratar seus resíduos. Foi o inchaço populacional daquela área. A fazenda que você vendeu virou um imenso condomínio. Tudo está muito mal alocado.

"O Homem progrediu e o progresso é bom. A tecnologia é uma coisa boa. Mas até mesmo a tecnologia está se mostrando ruim, porque está causando um câncer nas relações interpessoais. Tecnologia que destrói, também não é progresso.

"Jê, tudo não pode ser acessível a todos, pelo simples fato de que o ecossistema não suportaria a pressão industrial decorrente. Lembre-se: não temos um segundo planeta Terra para cavoucar. Vou usar tautologia. Eu vou dizer de novo, com outras palavras, para que você decore: o sol nasce para todos, mas a sombra sempre será só para alguns."

O Óleo da Meia-noite...

Quem concede direitos iguais?

– Por favor, pouse no parque, disse Elton para o piloto, fazendo um gesto com as mãos.

Assim que pousaram, Elton convidou Jeremias para uma caminhada. Era um lugar agradável, com um lago, muitas árvores, jardins e pássaros, onde as pessoas praticavam *footing*.

– O que acha deste lugar, Jeremias?

– Nem parece que estamos na cidade.

– Bem, você acaba de matar a charada.

– Charada? Que charada?

– "Nem parece que estamos na cidade." Não entende? Quando as pessoas saem de suas casas, seus apartamentos, para vir para este lugar, elas se esquecem de tudo o que está acontecendo. Este lugar cria a ilusão de que sempre haverá um parque para ir. Meia hora num lugar como este e as pessoas se convencem de que a situação não está assim tão ruim, que o planeta é grande, que tudo não passa de exagero da mídia para ter assunto e manipular as opiniões.

– Não, não! É o contrário! Vindo aqui, as pessoas percebem que lugares como este estão acabando! – exaltou-se Jeremias.

– Infelizmente, Jê, você está muito enganado. Você está a tanto tempo engajado numa campanha para conscientizar as pessoas do que acontece nos cafundós, que se distanciou do comportamento real delas.

"Acredite, podemos falir todos os paraísos naturais da face da Terra. Se dermos às pessoas parques artificiais como este, para que façam sua caminhada diária e se iludam com um pequeno pedaço de verde e meia dúzia de pássaros, elas estarão conformadas.

"Este é o grande perigo, Jê. Bilhões de pessoas consumindo e achando que tudo está bem. As crianças de hoje em dia acham que *bacon* vem de algum lugar igual à Disneylândia..."

– Podemos sim conscientizá-las, podemos fazer com que cada um faça sua parte! – respondeu Jeremias, enfático.

– Jê, meu amigo... conhece a fábula do passarinho na floresta incendiada?

Sem esperar a resposta, Elton pôs-se a narrar:

– Havia um incêndio na floresta, e todos os bichos corriam alucinadamente, tentando escapar do fogo. Na contramão de todos, vinha um passarinho com seu pequeno bico cheio de água. E, ao esvaziá-lo sobre o fogo, tornava a voltar ao riacho para enchê-lo novamente, retornando para tentar apagar as enormes labaredas. Ao perceber aquilo, um macaco, que fugia, chamou o passarinho e perguntou se ele achava mesmo que poderia apagar o incêndio daquela forma. O passarinho estufou o peito e, orgulhosamente, respondeu: estou fazendo a minha parte, não importa o que os outros façam.

Olhou para Jeremias, cujo olhar de retorno esperava a moral da estória.

– Jê, fábulas são ótimas para transmitir "lições morais". O triunfo de alguma virtude sobre alguma falha de caráter. Mas deixe-me narrar o real desfecho desta estória: os humanos não viram a fumaça a tempo e, quando chegaram ao local, a floresta já havia queimado por completo e nosso passarinho jazia no chão, carbonizado. Então, o que você acha do nosso passarinho? O que ele é? Herói? Mártir? Exemplo de cidadão? Lamento muito dizer, mas nosso passarinho é apenas um tolo. Não passa de um ingênuo bem-intencionado, dos quais o inferno está cheio - diz o dito popular -, fadado a chegar a lugar algum. Não apagou o fogo – e não tinha mesmo como tê-lo feito –, e não salvou a floresta. E nem salvou a si mesmo – embora tivesse como fazê-lo. Podendo voar, teria mais chances de escapar do incêndio. E ainda, por possuir tal capacidade, poderia voar rapidamente e buscar a ajuda de quem realmente pudesse ter condições de combater o fogo. Quem sabe, talvez levando em seu pequeno bico, não água, mas um ramo queimado até as mãos de algum fazendeiro próximo, que, certamente, saberia o que fazer.

"Eu não pretendo ser tal passarinho. Não tentarei apagar o incêndio do mundo com meu bico. Estou buscando apoio para obter os meios com os quais realmente poderei apagá-lo. Não vou desmerecer as atitudes individuais, nem quero dizer que não são necessárias, mas são meros paliativos. São "*Band-Aids*" em feridas necrosadas. Remendam o problema e o tornam protelável. E por isso só o pioram."

Elton olhou para os raios do sol refletidos na superfície do lago, enquanto tomava fôlego para continuar. Estava decidido a convencer Jeremias.

– O "cada um" é tão ineficaz quanto o "todo mundo". Já observou como são a maioria das pessoas que fazem passeatas, protestos e "movimentos" pelo mundo afora? Observe atentamente: desocupados, arruaceiros, ignorantes, colonizados, adolescentes; *freaks* de todas as cores e sabores; hordas conduzidas por espertalhões, interessados apenas em se mostrarem "revolucionários" para descolar alguma identidade, projeção ou sexo fácil.

"A juventude está sempre, sempre, sempre protestando. Protestarão até que seus hormônios sosseguem e sejam substituídos pela nova geração do rebanho. Fazem vigílias pelas lontras marinhas numa noite e na outra compram *speed* na festa *rave*. Combatem ferozmente o óleo de palma nas redes sociais, para "salvar os orangotangos", mas trocam de *smartphone* como trocam de roupa. Arrotam pra todo lado suas convicções "orgânicas", mas fumam cigarros eletrônicos! Querem derrubar *Wall Street*, mas têm 30 anos, moram com os pais, nunca trabalharam e jogam videogames o dia todo."

Jeremias analisava o messianismo do amigo.

– Olhe para a absurda quantidade de coisas fúteis que esses "ambientalistas" compram todos os dias – continuava Elton. – Quantos bonequinhos de *Star Wars* e outras bugigangas mais eles precisam?

"Vou repetir: a demanda gera a oferta. E a demanda é fabricada pelo *Marketing*. E as maiores vítimas do *Marketing*, os maiores consumistas, são as gerações modernas, assediadas 24 horas, os escravos da ansiedade. Pergunte-lhes se abririam mão de substituir seus aparelhos eletrônicos usados, mas plenamente funcionais, por um "modelo do ano". Restrinja isso e você verá uma carnificina.

"Gerações conscientes e informadas porra nenhuma! São tão estúpidos que acreditam nas corporações-monstro travestidas de bebês-foca! Indústrias extrativistas, sob o rótulo de "naturais" e "inclusivas", contratam como garoto-propaganda qualquer aberração genética que estiver em evidência, para vender a consumidores obtusos todo tipo de porcaria, de bebidas com conservantes a cremes inúteis, ao custo da flora. TUDO vira produto na indústria do *Marketing*!

"Veja os ingênuos *punks*, que acharam que estavam revolucionando o mundo ao ofender a sociedade com seu visual "podrão" e suas tatuagens idiotas e extravagantes. A mídia os mastigou e os regurgitou nas boutiques da *5th Avenue*.

"A contracultura cabeluda dos hippies, que posava contra o consumismo de coisas, comprou Porsches psicodélicos e, pasme, "não-coisas", como o "não-refrigerante" *7up!*, com a benção da turma de outra avenida corporativa, a *Madison*.

"Você só conseguirá conscientizar pessoas REALMENTE esclarecidas. Não manipuláveis. Para esclarecê-las é preciso educá-las. Não só informá-las, mas educá-las. E educar leva muito tempo. Por isso é preciso um projeto de longo prazo, que comece agora!

"E é disso que eu estou falando. Esclarecer pessoas não é do interesse de nenhum governo. Pessoas esclarecidas exigem demais, simplesmente porque exigem as coisas certas."

Jeremias resolveu expor seu ceticismo.

– Vejo o político falando. Você é um deles. Você tem desculpas demais para tudo. Do jeito que fala, parece que é melhor ficar de braços cruzados.

Depois de fazer emergir o desapontamento do amigo, Elton manobrou astutamente.

– Meu caro, estou no meio deles, mas nunca serei um deles. Estou seguindo a trilha que tracei para conseguir mudar as coisas. Ou, pelo menos, provocar a mudança. Uma vez iniciada, ela andará sozinha. Vou tentar ser mais explícito pra você, Jê: a primeiríssima coisa que você tem que assimilar é que TUDO É UMA QUESTÃO ECONÔMICA!

"Ao conscientizar toda pessoa no planeta para que, a cada impulso de compra, ela se pergunte se precisa mesmo daquilo, você estará enfiando um prego na roda do Mercado. E se você não tiver um projeto sobre como a riqueza de uma nação deve circular, tudo que você vai conseguir é afundar em baboseira. E veja bem: eu disse "CIRCULAR", eu NÃO disse "DISTRIBUIR"! Eu tenho esse projeto."

Jeremias olhou intrigado para o rosto de Elton, enquanto este continuava a tagarelar.

– A segunda coisa que tem que entender é que não podemos ser "zilhões" de pessoas. Tudo é finito e QUANTOS MAIS NÓS FORMOS, MENOS IGUAIS SEREMOS! Para deixar de sermos tantos, precisamos enfiar todo mundo na escola. A curva demográfica só cairá quando toda a população se tornar esclarecida. A maneira de conseguir isso está no meu projeto. E, finalmente, lançadas as bases desse macro projeto, nossa sociedade retornará ao vilarejo, por opção própria. E as crianças das gerações futuras poderão desfrutar das suas próprias "Lagoas dos Anjos". Ouça bem o que eu vou dizer, porque até mesmo você achará que estarei sendo radical. Mas acredite, não há outra saída. Sei que serei criticado e odiado, mas abrirei caminho com mão de ferro. E mesmo me sacrificando, e sujeitando minha família ao terror, vou levar minhas convicções à frente. Custe o que custar. Porque acredito nelas. Morreria por elas."

Em sua cabeça, Jeremias processava tudo aquilo e tentava separar as convicções do amigo das generalizações do político. Pontuou:

– Minha vida perdeu o sentido há muito tempo, Elton, você o sabe. Por isso sou militante. Minha causa é maior que eu. Não criei vínculos, não constituí família, não quis me apegar a ninguém. A única coisa que amei foi minha infância, e ela foi destruída. Aquele lugar era sagrado, entende? Era um pedaço da minha alma. Eu morreria pela minha causa. Mas eu não tenho ninguém, nada a perder. Você tem uma família.

– Eu morreria pela minha causa, tanto quanto você! – disse Elton, olhando-o fixo nos olhos.

Naquele dia, sentados num banco do parque, conversaram como nunca. Jeremias ouviu o projeto de Elton. Seus métodos eram diferentes. A amizade continuava inabalável. A causa era a mesma. E morreriam por ela.

♫ *Who wants to please everyone?*

Who says it all can be done, still sit up on that fence?

No-one I've heard of yet.[7] ♫

---

[7] *Quem quer agradar a todos? Quem disse que tudo pode ser feito, continuando em "cima do muro"? Ninguém que eu tenha ouvido falar ainda.*

CAPÍTULO IV

> *"Nunca me sentei numa roda alegre para me divertir. Forçado pela tua mão sentava-me sozinho, pois me encheste de cólera. Porque será que a minha dor não tem fim e a minha ferida é tão grave e sem remédio?"*
>
> Jer 15, 17–18

Dona Maria estava sentada na varanda ao final da tarde, esperando os meninos chegarem.

Tinha preparado biscoitos, leite quente e café, cujo aroma se espalhava pela fazenda, marcando uma trilha por entre as videiras que a turma conhecia bem.

– Seus "pamonhas"! Vou comer tudo! – esbaforia Elton. – Não vai sobrar nada!

– Não vale Elton! Você tirou a corda do lugar. Apanhamos pra subir as pedras da cachoeira – protestava Penugem, correndo e tropeçando nas próprias pernas.

– Os fins justificam os meios, meus caros. Os biscoitos da Dona Maria valem a pena.

– Ninguém vai esperar o Jê? – perguntou Marquinhos, sem fôlego.

Naquele vilarejo do interior, cercado pela mais esplêndida natureza, a Lagoa dos Anjos era um lugar mágico. Era chamada assim porque várias de suas pedras estavam dispostas de tal maneira que pareciam asas de anjos, como a pedra de Gabriel, a maior e mais impressionante.

No final do dia, os raios de sol refletidos no vapor d'água produziam um festival de cores, num místico caleidoscópio etéreo. Ficava um clima misterioso, um silêncio profundo, em que se podia ouvir o próprio coração batendo.

Jeremias sempre era o último a ir embora. Na fazenda de seu pai, próxima à lagoa, ele crescera solto, descalço, e pendurado nas parreiras carregadas de uvas caprichosas. Era mais filho da Terra que de sua própria mãe, a "católica–apostólica–romana" Dona Maria, como ela mesma gostava de dizer.

Jeremias o era, então, em reverência ao personagem bíblico.

Segundo a "católica–apostólica–romana" Dona Maria, o Profeta Jeremias merecia ser lembrado porque padecera sob o pesado fardo de, contra tudo e contra todos, alertar as pessoas sobre as consequências do ultrajante comportamento em que chafurdava seu próprio povo.

Ela aspirava a que seu único filho ajudasse a corrigir o mundo.

Se chegado a ver tivesse, é provável que acabasse por não compreender o caminho que seu Jeremias acabou tomando...

– Dona Maria, muito boa tarde! Posso atacar? – perguntou Elton, enchendo a boca de biscoitos, sem esperar qualquer consentimento formal.

– Dona Maria, não deixa ele comer! – gritou Penugem. – Ele trapaceou!

– É verdade, Dona Maria, é verdade – apoiou Marquinhos. – Olha, eu não esperei o Jê porque não ia sobrar nada pra mim, com o guloso do Elton aqui – justificou-se, enchendo as duas mãos de petiscos.

Dona Maria apenas sorriu gentilmente. Ela sabia onde estava seu Jeremias. Esse horário era sagrado para ele. E as guloseimas eram mesmo para a turma. Jeremias sabia que sua mãe sempre guardava os seus biscoitos.

Mas naquela tarde, olhando os garotos se esbaldarem, ela sentia uma estranha melancolia, como se o futuro fosse... incerto.

– Mãe? Tudo bem? MÃE! – berrou Jeremias.

– Ãhn? Oh! Filho, eu não vi você chegar. Espere, vou buscar mais biscoitos.

– Jê, a Dona Maria tá bem? – perguntou Penugem, com a boca cheia, cuspindo farelos. – Ela parece meio "avoada".

– É... – disse Jê. – Ela tem andado assim, meio desligada, já faz um tempo. Estou ficando preocupado.

As tardes passavam, com o mesmo aroma de moscatel no ar e café na varanda. Mas não eram mais as mesmas... Um dia Jeremias chegou calado, atravessou a varanda, passou direto por sua amada Dona Maria "católica–apostólica–romana" e foi entrando porta adentro, quando ela falou:

– Você não volta mais alegre da mata. Eu sinto que as coisas estão mudando. O que está acontecendo, meu filho?

– Havia peixes boiando na lagoa. Estão morrendo. Outro dia o Penugem pisou numa coisa preta e grudenta. Levou três dias pra tirar. Até descascou o pé. Estou com medo mãe. É nosso lugar favorito. Papai vai fazer alguma coisa, não é?

– Ele foi até a cidade falar com o prefeito. Seu pai acha que é a fábrica que está poluindo os riachos. Mas ele voltou muito chateado.

– Por quê?

– Porque o prefeito disse que estavam criando um distrito industrial para incentivar a economia. Muitas empresas estavam interessadas em vir para a região. Se ele começasse a aborrecer as firmas recém–instaladas, as outras não viriam. Disse que, por enquanto, não poderia fazer nada.

– Mas mãe... O que vai ser da fazenda? E da lagoa?

Dona Maria apenas olhou ternamente para seu filho. Nos seus sonhos, ela já sabia. Fazia tempo que pressentia que os ventos haviam mudado. Sopravam agora em direção ao abismo... Com as fábricas vieram multidões de pessoas e o vilarejo sucumbiu ao ruído do mundo. Dia após dia, a exuberância da fazenda foi murchando e Jeremias foi crescendo, ficando cada vez mais fechado e revoltado. Dona Maria, que deixara de acrescentar seu peculiar "católica–apostólica–romana" às novenas com as comadres, definhava a olhos vistos.

As terras já não agradeciam mais as sementes, o vinho ficara amargo, e a fazenda, em dificuldades. Destruído seu ponto de encontro, a turma se dispersou. Elton fora embora, e Jeremias sentia–se muito só. Um infarto matou seu pai. A tristeza matou sua mãe. Jeremias tornou–se Jeremias.

♫ *Oncinha pintada, zebrinha listrada,*

coelhinho peludo,

vão se foder!

Porque aqui na face da Terra

só bicho escroto,

é que vai ter ♫

CAPÍTULO V

"A verdade jamais pode ser proferida

de modo que seja compreendida,

e não acreditada."

William Blake

As manchetes dos jornais mostravam o candidato Matias à frente nas últimas pesquisas eleitorais, seguido de Elton por uma pequena margem.

O senador Aurélio mostrava-se preocupado.

– Precisamos esclarecer para a mídia alguns pontos do plano de governo, Elton. Muitos têm dúvidas sobre sua posição quanto às questões econômicas. Você tem sido muito evasivo nas respostas e o relatório do programa de governo divulgado é apenas um amontoado de generalidades. Estamos apanhando da imprensa! – desabafou o senador.

– Você tem razão Aurélio, mas sabe que não posso entrar em detalhes. Não ainda. Não enquanto a população não estiver convicta de que o modelo que está aí é equivocado.

– Por Deus! Quando acha que poderá fazer isso? Suas estorinhas e fábulas são bonitinhas, mas elas não vão bastar pra ganhar esta eleição!

– Acha mesmo que vão me eleger sabendo o que quero fazer? – argumentou Elton, desafiando o senador.

– MINTA homem! Jogue o jogo! *"Simila similibus curantur"*! "Cure o mal com o similar do mal"!

– Sr. Elton, talvez o Sr. Aurélio tenha razão. Os pontos obscuros do programa de governo são um ponto fraco – interveio Alice. – Talvez não seja prudente escancarar o projeto, mas algumas diretrizes poderiam ser dadas. As pessoas não votarão no escuro.

– Meus caros, vocês sabem que minhas ideias são polêmicas. De certa forma, terei dificuldades em implantá-las. Sabemos que agora não é a hora da verdade. O que tenho feito até o momento, em todas as entrevistas, debates e comícios, é plantar a dúvida quanto ao atual estado das coisas, não me estendendo nas propostas e me atendo a expor a fragilidade do sistema. E não tem sido assim tão ruim, afinal, estou em segundo lugar, não é mesmo? – ironizou.

Elton sempre falava com firmeza. Sua característica mais marcante era seu grande poder de convencimento. Por mais mirabolantes que fossem suas ideias, ele as colocava de tal forma que as pessoas se rendiam aos seus argumentos, não exatamente por concordarem com eles, mas por serem incapazes de derrubá-los. Seu comitê de campanha era composto por pessoas próximas, que acompanharam sua trajetória política, e em quem ele depositava sua confiança: Alice, sua eficiente secretária; o próprio senador, amigo de seu pai de longa data, e alguns assessores escolhidos a dedo. Mas quem Elton mais desejava que estivesse ali, não fazia parte de sua equipe: Jeremias.

Após o reencontro, quando debateram ideias, ele não deu mais notícias. Embora procurasse na mídia matérias sobre ações de ambientalistas, pressentia que Jeremias não havia voltado àquela atividade. Mas tinha certeza que ele estava por perto, observando. Certamente, quando precisasse, ele viria ajudá-lo.

– O debate nacional de hoje à noite na televisão é crucial. Vamos repassar os temas Elton – disse o senador. – Aliás, me esclareça uma dúvida: qual é a pegadinha naquela estorinha do viajante na cidadezinha falida? Eu matutei e não descobri!

– Alice, quer esclarecer o senador?

– Na verdade, Sr. Aurélio, o que aconteceu foi que o atendente do hotel, quando pegou o dinheiro do viajante, fez um "empréstimo", confiando que poderia pagá-lo com o recebimento de sua carteira de recebíveis – a cortesã; lembra?

– Mas Elton, esse "empréstimo" foi compulsório! O viajante não foi consultado!

– Os fins justificam os meios, senador...

20h30min. A tradicional multidão de figuras desocupadas já se aglomerava no portão de entrada da sede da emissora de televisão, dificultando o posicionamento dos repórteres.

Quando o candidato da situação chegou, começou o típico circo midiático em que haviam se transformado os eventos políticos, com patéticos "corre-corre" e "empurra-empurra" generalizados.

– Candidato Matias, o que o senhor acha das declarações do candidato Elton, de que o modelo atual de governo está falido? Acha que ele tem alguma grande proposta, alguma "carta na manga"?

– Acho que Elton não tem sequer as mangas. Ele é um sonhador, um contador de estorinhas. Um governo não é feito de utopias. É feito de planejamento e ação.

– Mas ele é o governador com maior índice de aprovação da população da história. Seus projetos sociais se tornaram referência – espetou a repórter.

– Mocinha, Elton é apenas um populista, nada mais. Questões nacionais e internacionais são muito mais complexas. Ele não divulga sua plataforma de governo simplesmente porque não tem uma. Por que acha que ele está atrás de mim nas pesquisas? – retrucou Matias. – Agora, se me dão licença...

O ex-ministro apressou-se a entrar no estúdio, bem a tempo de evitar cruzar com Elton, que acabara de chegar, sob os gritos da multidão de "salvador".

– Sr. Elton, o que acha dessa recepção calorosa? – perguntou outra jornalista, equilibrando-se na confusão.

"Salvador!", "Salvador!", "Salvador!"...

– É claro que o reconhecimento do povo é gratificante. Agradeço a presença de todos e a confiança. Mas não posso salvar nada se não for eleito. Preciso da população. Qualquer um que olhe ao seu redor vai perceber como as coisas estão erradas, e vai considerar votar em mim. Obrigado pela oportunidade de falar com vocês.

Desviando do mar de microfones, seguiu.

Ao afastar-se, porém, Elton tinha o semblante preocupado. Entrou no estúdio pensando que "salvador" era uma palavra perigosa demais para ser vinculada a um político em campanha. Para não afastar eleitores, teria que contornar esse problema. Ou tirar proveito dele...

Dentro do estúdio todos já ocupavam seus lugares, ansiosos pelo início do debate. O mediador posicionou-se e o diretor deu o sinal verde.

Rede nacional, ao vivo.

– Boa noite a todos! Estão presentes aqui os quatro candidatos à Presidência legalmente inscritos, representando seus partidos e ideologias, para um debate de ideias, numa celebração do mais alto espírito democrático.

"As questões que serão apresentadas foram formuladas pela equipe de interlocutores aqui presentes, composta por jornalistas, escritores, empresários, sindicalistas, trabalhadores, líderes comunitários e cidadãos comuns, todos sorteados dentre os previamente inscritos.

"A duração máxima do programa será de três horas e cada candidato terá dois minutos para sua explanação, podendo haver até três apartes de 30 segundos cada, sendo que a cada aparte serão acrescidos iguais trinta segundos para o palestrante."

Após a apresentação formal de cada um dos candidatos o mediador, seguindo seu cronograma, deu início ao debate:

– Por sorteio, a primeira pergunta será feita ao candidato Elton pelo jornalista Alberto Costa.

– Boa noite a todos. Candidato, o senhor pretende incentivar a instalação de novas empresas no país, gerando empregos, aumentando a arrecadação de impostos e aquecendo a economia?

– Boa noite. Não.

– Como assim????? – espantou–se o jornalista.

O mediador, os demais candidatos, os interlocutores, a plateia, os profissionais da emissora e os telespectadores ficaram apreensivos. Sentado na primeira fila do auditório, o senador Aurélio ficou catatônico.

Olhando diretamente para a câmera, Elton disse firmemente:

– Em todas as eleições, ano após ano, as mesmas perguntas são feitas. E todos dão as mesmas respostas vazias e superficiais. As respostas que todos esperam ouvir. E ano após ano, governo após governo, as mesmíssimas ações inócuas são tomadas, com a consequente perpetuação da proteção dos mesmíssimos interesses egoístas de sempre. Esta eleição será diferente.

"Não estou concorrendo à administração de uma cidade ou um estado. Isto é uma eleição para se escolher o presidente de uma nação. E mudar os rumos de uma nação pode afetar o mundo. E, talvez, mudá-lo também. Quem aqui não deseja que o mundo seja diferente?"

– O mundo não é perfeito, Sr. Elton, mas com certeza pode piorar bastante, se certos tipos um dia se tornarem presidentes – aproveitou o candidato Matias, causando risos.

– O Sr. Elton dispõe de mais trinta segundos, devido ao aparte – interveio o mediador.

– Obrigado. Eu gostaria de fazer uma proposta um pouco ousada. Quanto tempo eu terei no decorrer do programa?

– Não é possível dizer exatamente, senhor, devido às réplicas, tréplicas e apartes – disse o mediador.

– Bom, pode estimar?

Desconcertado e confuso, o mediador ouviu pelo ponto eletrônico as instruções do diretor: – Cerca de quarenta e cinco minutos.

– Ok. Então proponho trocar meus quarenta e cinco minutos estimados, por apenas vinte minutos só meus. Sem apartes. Sem perguntas.

O senador Aurélio perdeu a cor na poltrona.

– Senhor Elton, isso é extremamente irregular. Descaracterizaria o debate. Pode nos dizer o que tem em mente? – disse o mediador, tentando equilibrar-se na fina linha entre jornalismo e espetáculo.

O ponto eletrônico estava extasiado. Energicamente, o diretor instruiu o mediador a dar corda a Elton. A audiência estava explodindo.

– Eu desejo evitar entrar no jogo de perguntas capciosas e respostas idem. Quero vinte minutos para explanar sobre minhas razões. Ao término, me retiro e deixo todo o tempo restante para meus concorrentes – disse Elton olhando para Alice, que a essa altura tentava acalmar um senador Aurélio em pânico.

O mediador perguntou aos presentes se alguém se opunha ao estranhíssimo pedido de Elton.

Ninguém se opôs.

Ele vai se afundar.

O público vai achar que não teve coragem de debater suas ideias.

Está se suicidando em cadeia nacional.

Todos tinham pensamentos semelhantes.

Todos pagaram para ver.

Os jornalistas já imaginavam as manchetes do dia seguinte.

Elton foi autorizado e começou seu discurso:

– Primeiramente, quero agradecer às pessoas na entrada da emissora por terem me recepcionado como "salvador". Considerando que nossa sociedade é um trem desgovernado rumando para o abismo, acho que o termo é até apropriado. – A plateia riu reservadamente. Elton prosseguiu: – Senhoras e senhores, quem acompanha minha carreira sabe que sou pragmático. Tenho certeza de que meus concorrentes só concordaram com meu pedido porque consideram ser suicídio político. Também acredito que a mídia está adorando, visto que polêmicas aumentam bastante sua audiência.

"Um debate entre políticos é algo burocrático e, porque não admitir, um negócio muito chato. Mas quando algo inusitado acontece tudo fica interessante. As pessoas parecem querer ver "o circo pegar fogo". Mesmo que não admitam de pronto, lá no fundo sabem que é verdade. Esta é uma das facetas da natureza humana.

"É também da natureza humana defender seus interesses individuais acima de tudo. Isso não é um defeito. Esse comportamento garante a sobrevivência, e é básico no reino animal. Se não defende seus próprios interesses, não espere que outros, voluntariamente, façam isso por você. Vou gastar um pouco do meu tempo para contar uma parábola."

O senador cobriu seu próprio rosto com uma das mãos e respirou fundo. Elton prosseguiu:

– Sentados no banco de uma praça num final de tarde, um pai e sua filha de cerca de dez anos de idade tomavam sorvete; entre uma lambida e outra, a garota sabatinava seu aturdido pai acerca das coisas da vida que ocupavam sua impúbere cabecinha. Num determinado momento, ela viu um mendigo todo maltrapilho, como condiz com sua condição, sentado num banco não muito distante deles, comendo as sobras de uma marmita que havia conseguido num restaurante próximo. Pegava a comida com as mãos e a enfiava na boca. Vendo aquilo, a menina perguntou:

– Papai, por que aquele homem está comendo na rua?

– Provavelmente, porque não tem casa pra morar – respondeu o pai, incomodado.

– Coitado! Se você pudesse, você arranjaria uma casa pra ele morar?

– Sim, minha filha. Seria o certo a fazer.

– Aí ele ia precisar de alguns móveis também. Você arrumaria pra ele, papai? – questionou a garota.

– É claro, filha.

– Então você também podia arrumar algumas roupas pra ele. E um prato, um copo, um garfo e uma faca; não é?

O pai ficou mudo. A menina insistiu.

– Pai, se você arrumaria a casa e os móveis, por que não o resto das coisas, que são até mais fáceis?

Desconcertado, o pai respondeu:

– Porque o resto das coisas o papai tem, né?

O estúdio estava em silêncio total.

– Senhoras e senhores, por incrível que pareça alguns contam esta estória como se fosse uma piada, com a qual esperam reações de riso – advertiu Elton. – Simplesmente não entendem seu significado. Notem que a ironia da parábola reside na exposição de uma hipocrisia velada, já que facilmente nos propomos perante qualquer um a dar prontamente o que não temos, mas hesitamos em fazê-lo diante do que realmente dispomos. Quero demonstrar que não se trata de decidir DAR ou NÃO alguma coisa a alguém, remediando uma situação específica, mas sim de confrontar a questão da responsabilidade sobre aquela necessidade.

"O poeta Carlos Drummond de Andrade disse: "*O imposto tem este nome porque, de outro modo, ninguém o pagaria.*" Mas o que um poeta sabe sobre impostos? Talvez nada. Mas é certo que poetas sabem tudo sobre a alma humana, e a desnudam como ninguém mais é capaz, nem mesmo os psicólogos. Vocês devem estar se perguntando por que eu estou gastando meu tempo com esse argumento. Ora, porque ele está na base de tudo. Se não formos capazes de compreender a natureza humana, não conseguiremos organizar a sociedade de forma que não haja, nem exploradores, nem explorados.

"O ser humano adquiriu complexidades desafiadoras e comparações com os animais são simplesmente perda de tempo. Na sociedade humana a sobrevivência não é mais uma questão de força. A força para nós é o DINHEIRO, que nem sempre está nas mãos do mais apto, ou mais capaz. Na natureza todo ser vivo tem de fazer por donde, tem que conquistar sua sobrevivência. Na sociedade humana basta nascer da barriga certa e a vida lhe será leve, jamais terá que se preocupar com a fome, até porque a fome não é uma questão de falta de alimentos, mas de falta de acesso a ele. Há excedente de comida. A falta de abrigo decente também é uma questão de falta de acesso aos recursos existentes para se usufruir de um teto digno. Mas comida e teto não chegam a todos por questões puramente sociológicas, restritas ao modo como nos organizamos como sociedade.

"Vivemos em dois extremos: os que têm mais do que precisam, e consideram isso legítimo porque conquistaram ou herdaram suas posses, e os que nada têm, e por isso acham justo reivindicar que a sociedade os sustente. Os primeiros frequentemente se tornam perdulários. Os segundos, parasitas. Temos horror a ambos. A dicotomia está na mesa."

Elton tomou um gole d'água, corrigiu a postura e citou:

– "*De cada um segundo suas capacidades, a cada um segundo suas necessidades.*" Tal princípio seria lindo, se não fosse uma tremenda armadilha, que arrastou sociedades inteiras para uma vala–comum de injustiças. Por quê? Ora, porque nós NÃO SOMOS IGUAIS. Em nada. Não se pode querer que um neurocirurgião, que abre uma cabeça e opera um cérebro, ato para o qual dedicou décadas de árduo estudo, seja obrigado a DISTRIBUIR arbitrariamente seus rendimentos em favor de um lixeiro que gastou seu tempo escolar a vadiar nos bares e festas de sua juventude. O primeiro não é um "burguês" mesquinho, assim como o segundo não é um "proletário" coitadinho. Ambos colhem os frutos de seu esforço.

"Vocês dirão, então, que eu pretendo estabelecer um governo baseado em meritocracia. Não, meus caros, isso seria um engano terrível; seria dizer, atendo–me aos exemplos, que o trabalho árduo do lixeiro não tem mérito. Ora, se o lixeiro deixasse de executar sua atividade, toda a sociedade ficaria paralisada, atulhada em lixo; inclusive nosso nobre cirurgião, que não poderia operar em condições insalubres. Assim, entendam que meritocracia, por si só, não é um critério.

"Ocorre que o que dá valor às coisas é sua raridade. Nosso lixeiro pode ser facilmente substituído. Nosso cirurgião, não. É a mais simples lei do mercado.

"Mas quando os frutos do merecimento resultam em torneiras de ouro e piscinas cheias de *champagne*, ou no outro extremo, em miséria e fome, é claro, algo está falhando no sistema.

"Certamente, há casos e casos, e estes exemplos são generalizações. Visam apenas ilustrar a ideia de que uma sociedade, para ser considerada evoluída – e esse princípio é central em meu projeto –, deve estruturar-se de forma a impedir quem quer que seja de alegar que não teve oportunidades para se desenvolver ou, no outro extremo, que pode desperdiçar porque tem muito.

"Prezados, temos capacidades e habilidades diferentes e, principalmente, temos uma força de vontade tão díspar que seria um crime tentar equiparar quaisquer pessoas. Assim, regra geral, o comunismo é um erro, porque tende a tirar de quem não deve e dar a quem não merece."

Houve certo burburinho no ar. Elton notou, mas continuou de forma determinada.

– Há alguns séculos, em 1601, os ingleses fizeram a *Poor Law*, a lei para os pobres, uma lei que *partia do pressuposto de que a coletividade deveria prover o sustento* dos mais necessitados. Acabaram descobrindo que isso *estimulava os miseráveis a procriar, levava-os a matrimônios irresponsáveis, protegia os preguiçosos e acabava desencorajando os dedicados*. A lei foi totalmente revista em 1834. Então, não dê nada para ninguém?

O burburinho começou a elevar-se no ambiente, evoluindo para uma palpável agitação.

– O "egoísmo ético" de Ayn Rand parece duro, mas tem seu fundamento – completou Elton. – *"O homem abaixo é uma fonte de culpa; o homem acima, de frustração."* Mas assim como no liberalismo temos os simpatizantes da lógica de *"cuidar de si mesmo"*, também vemos Keynes denunciar a incapacidade do sistema de se autocorrigir. E no capitalismo bruto impera o "cada um por si". Nada disso parece funcionar plenamente. Então a solução estaria numa sociedade "solidária"? Ora, a solidariedade torna credor e envaidece aquele que a pratica e torna devedor e humilha aquele que a recebe. Mas prestem atenção: não estou menosprezando a solidariedade enquanto atributo humano louvável. Estou pondo em xeque a solidariedade como ideologia. Prestar ajuda em catástrofes é altruísmo. Dar esmolas na rua é descargo de consciência. *"A caridade seria perfeita se não causasse satisfação em quem a pratica."* Drummond. Como eu disse, os poetas sabem tudo...

"Eis a pergunta que faço a todos: qual é a sociedade que queremos? Se para atingir uma sociedade IGUALITÁRIA EM DIGNIDADE, frisem isso, tivermos que abrir mão de certos privilégios no presente, nós o faríamos?

"Não me rotulem. Não sou comunista, capitalista, liberal, trabalhista, socialista, nazista, fascista, anarquista, seja lá o que for. Nenhuma destas palavras irão me definir, simplesmente porque a sociedade em que acredito não se enquadra em nenhuma dessas ideologias. Elas já provaram que não funcionam. É preciso um novo modelo.

"As sociedades comunistas caíram porque se fundaram na inveja e privaram seus cidadãos do bem mais caro ao Homem: a liberdade. Massificaram a todos, acreditando que uma sociedade coletivista agiria como um grande e único ser vivo, com aspirações, desejos e ideias iguais. Esqueceram-se de que as pessoas são, primeiramente, indivíduos.

Únicos. E essencialmente diferentes uns dos outros. É o que faz a grandeza dos humanos. Sua pluralidade.

"Mas ser indivíduo não precisa significar ser individualista. As sociedades capitalistas olham apenas para seus próprios umbigos, e por isso enfrentam o gigantesco abismo das classes sociais, com todos seus problemas de consumismo, solidão, angústia, violência, miséria, etc. Por que as pessoas acumulam mais do que precisam? Bom, alguns por egoísmo e poder mesmo, mas a maioria o faz por INSEGURANÇA! Porque não confiam que, se precisarem, a sociedade cuidará delas. "Todos por um" não existe. E "um por todos" é ridículo; dê todo dia uma esmola a cada pedinte em cada semáforo no seu trajeto cotidiano e você logo se juntará a eles."

Elton olhou para Alice, que apontou para seu relógio de pulso. O tempo já passara da metade.

– Fórmula mágica? Não existe fórmula mágica. O que tenho a propor é um plano de governo que absolutamente atingirá toda a sociedade, mexendo com padrões estabelecidos, removendo o lodo no fundo do lago, trazendo as pessoas para a discussão e o debate das medidas que vou apresentar quando eleito. Mas, para ser eleito, todos precisam conhecer o conceito no qual me baseio.

"Voltamos então, à pergunta do caro jornalista Alberto Costa, à qual respondi com um singelo

"Não". Incentivar a instalação de novas empresas no país, gerar empregos, aumentar a arrecadação de impostos e aquecer a economia. Tudo isso não passa dos verbos certos atrelados a substantivos chave: empresas, empregos, impostos e economia.

"Note-se a ausência do substantivo mais importante, frequentemente "esquecido" em discussões eleitorais, mas que é o princípio de tudo, e a partir do qual se estabelecem os padrões que devem nortear as demais ações: o ecossistema. Não pretendo ser o "ecochato" da noite. Eu nem sequer pertenço ao Partido Verde. Mas aprendi que, para solucionar um problema, é necessário decompô-lo em partes menores, e solucionar uma questão de cada vez. Até quando vamos instalar indústrias, aumentar as plantações e os pastos, consumir? Todos parecem se esquecer de que vivemos em um ambiente físico e, portanto, limitado, finito.

"Dez índios podem utilizar sabiamente os recursos de uma floresta. Mil índios já estarão explorando-a. Um milhão de índios, por mais racionais que tentem ser, acabarão com ela. O equilíbrio não depende só do racionamento e da reciclagem dos recursos, mas pura e simplesmente da quantidade de indivíduos que os consomem.

"Numa sociedade igualitária, presumimos que todos poderiam consumir igualmente; correto? Mas, se todos tiverem o mesmo poder de consumo, o planeta será atolado pelo lixo e intoxicado pelos resíduos decorrentes de tanta atividade industrial. É por isso que os regimes não tomam as medidas necessárias para distribuir a renda. Porque RENDA NÃO SE DISTRIBUI! A renda total de uma nação deve circular, de forma monitorada.

"Se todos tiverem acesso a carros, ninguém conseguirá andar nas ruas. Qualquer imbecil sabe disso. Se todos puderem comer caviar, o esturjão será extinto. E todo rico sabe disso. Portanto, a pergunta crucial é: até quando vamos falar em crescer? Sim, é isso mesmo que ouviram! Até quando vamos crescer, crescer, crescer?

"Um diretor de um grande banco de fomento recentemente defendeu que deveríamos ter uma explosão demográfica como solução para o aquecimento da economia. Tal tese demonstra não burrice, mas simplesmente descaso. Tenho certeza de que esse diretor é extremamente inteligente e digno de respeito. E também tenho certeza de que a sugestão dele, do ponto de vista econômico, também deve ser correta. Mas então, ele ignorou os impactos ambientais decorrentes da sua sugestão? Não, ele não ignorou. Ele os conhece. Apenas, isso não é prioridade. Nossa capacidade de protelar os problemas ambientais em favor da solução de outros problemas, mais imediatos na opinião de alguns, será nossa ruína. As taxas de natalidade têm começado a cair no primeiro mundo, mas a população continua a aumentar, porque estamos vivendo muito mais. Além do problema ambiental, teremos um enorme problema social: déficit previdenciário."

Alice fez sinal de que restavam três minutos.

– Ora meus amigos – continuou Elton, apressando-se –, a solução mais simples em geral é a correta. E, frequentemente, também é a mais óbvia. A isso chamam "Navalha de Ockham". Não podemos crescer indefinidamente. Não podemos nos aglomerar em determinados locais, além do limite da sustentação. Observem as grandes metrópoles do mundo. São inviáveis. Seus problemas são absurdamente complexos. E ao redor delas não há mais natureza. Não me venham dizer que parcos pedaços de mata, com um ou outro mico aqui e ali podem ser exemplo de conservação. Não; parques urbanos apenas tapam o sol com a peneira e confortam as pessoas, iludindo-as. Há políticos e empresários que se referem à fauna e à flora como "estoques". Para esses crápulas, os seres vivos são *commodities*.

"Meu tempo está acabando. Quem desejar votar em mim deve considerar o seguinte: durante meu discurso, perguntei se as pessoas estariam dispostas a fazer sacrifícios em prol de uma sociedade igualitária em dignidade. Notem que eu disse igualitária em DIGNIDADE. Isso significa que a igualdade em padrão de consumo não é um objetivo. Mas também significa que meu plano visa libertar a sociedade do que o economista e sociólogo inglês

William Henry Beveridge chamou de "os cinco monstros":

- a necessidade;

- a doença;

- a ignorância;

- o abandono;

- e o ócio.

"Podem decorar estes tópicos. Enquanto eles existirem numa sociedade, esta não merecerá ser chamada de civilização. No meu projeto de sociedade, ninguém sofrerá a humilhação de TER que ser AJUDADO por alguém, de TER que contar com a boa vontade alheia. Na minha sociedade, NÃO EXISTIRÃO MENDIGOS, SEM-TETO, FAMINTOS OU ANALFABETOS, porque tais condições não são ACEITÁVEIS. Todos andarão de cabeça erguida, porque viverão em um sistema de contrapartidas bem definido. Os pobres não se ressentirão dos ricos. E os ricos não se constrangerão com os pobres. Minha mensagem está dada e minha sorte está lançada. Obrigado e boa noite a todos."

"(...) as pessoas passam a odiar

quem fez um bem a elas."

Salman Rushdie

CAPÍTULO VI

> ♫ *Yeah yeah ya! Came from the skies,*
> *burst through the gates*
> *with no mercy or disguise,*
> *with their hearts set out in flames.*
> *I know; I've seen the master plan...*[8] ♫

Jeremias coçava a barba e olhava fixamente para a televisão. Ainda estava absorvendo o discurso de Elton. Ignorava o frenético bate–boca entre os candidatos e a confusão na emissora de tv.

Elton arriscou muito... Arriscou muito.

– O que achou Jeremias?

– Não sei Minos, não sei. As pessoas não estão acostumadas a pensar dessa maneira. Receio que o barulho vá prejudicar mais do que ajudar – respondeu preocupado.

Na cabana que servia de ponto de apoio para o grupo ambientalista, Jeremias começava a achar que as coisas iriam ser mais complicadas do que imaginara.

---

[8] *Yeah, yeah, ya! Veio dos céus, atravessou os portões sem piedade ou disfarce, com seus corações em chamas. Eu sei; Eu vi o plano mestre...*

– E o que você achou Minos? – perguntou seu irmão Klaus, chegando da cozinha.

– Bom, é a primeira vez que um candidato se expõe dessa forma. As pessoas não estão felizes com suas vidas, mas têm muito medo de mudanças radicais. Acho que, agora, quem simpatizava com ele vai apoiá-lo de verdade. Em compensação, parece também que ele conseguiu unir toda a esquerda e os conservadores contra si. Eles vão combatê-lo com todas as forças. Realmente, Elton pôs lenha na fogueira. Estou com ele! – disse Minos, entusiasmado.

Walter, Marcos e Jorge chegaram à cabana e encontraram os companheiros conversando sobre o "debate".

– Jê, quando você disse que ia se infiltrar na convenção do partido para se reencontrar com o "cara mais foda do mundo", ninguém pensou que fosse tanto. Elton é maluco! – disse Marcos.

– Meus queridos, Elton é a verdade em pessoa, incapaz de dissimular. Ele poderia fazer uma campanha como outra qualquer, seguir o "manual" e depois de eleito aprontar o que bem entendesse. Mas isso seria trair a confiança de quem votou nele. E Elton jamais faria isso.

"Eu me encontrei com ele para tentar entender o ponto de vista do político, já que o homem eu conheço muito bem. Mas não pensem que concordo plenamente com Elton. Na verdade, discutimos muito. Nossa causa é a mesma, mas Elton tem um jeito estranho de pensar. Não tenho certeza de que ele conseguirá mais do que nós mesmos."

– Você tem que aceitar Jeremias, nós não conseguimos muito. Por mais que nos esforcemos, a coisa parece só piorar – observou Walter. – Talvez devêssemos apoiá-lo com todas as nossas forças.

– Elton é a melhor coisa que já apareceu numa campanha política, temos que admitir Jê – afirmou Jorge.

Jeremias exasperou-se:

– MAS VAI PERDER JORGE! VAI PERDER PORQUE É BOM DEMAIS, ENTENDEU? – gritou, levantando-se de repente.

– COMO é bom demais, se acabou de dizer que discordam em muitas coisas? – desafiou Walter.

(suspiro)

– Não é fácil perceber que o caminho de uma vida inteira não leva a outro lugar que não o penhasco. Tenho me sentido inválido ultimamente, todos vocês já notaram. Confesso que vinha me alimentando das esperanças do grupo, porque as minhas próprias já haviam desaparecido.

"Reencontrar Elton me fez repensar todos os meus atos e minha motivação. E se ele consegue fazer com que um radical cabeça-dura como eu ouça argumentos políticos, acho que ele tem uma chance

de ser bem-sucedido. Quando eu disse que não tenho certeza de que ele conseguirá mais do que nós
mesmos, eu quis dizer que, se ele não for eleito, seus
projetos não sairão da sua cabeça e nunca se tornarão realidade. Ele será apenas mais uma frustração."

O sexteto passou a noite discutindo. As palavras de Elton eram agora esmiuçadas e seu significado pesado. Os tópicos finais do discurso dominaram a discussão. Jeremias, que ouvira do próprio
Elton seus argumentos, esclareceu aos companheiros sua extensão. E todos acabaram concordando
num ponto: as chances de vitória eram pequenas...

As semanas passaram-se e a previsão de Minos se mostrou correta. Os simpatizantes de Elton
agora eram ferrenhos defensores de sua campanha,
mas os esquerdistas estavam confusos e haviam feito coalizões com conservadores, e conseguiram aumentar a distância entre ele e Matias.

A estratégia de Elton parecia ter se virado
contra ele. Decepcionado, Marcos lia no jornal o editorial assinado pelo jornalista Alberto Costa, tentando entender a jocosa manchete:

"ELTON: FRAUDE, ESPERANÇA OU AMEAÇA?"

– Os indecisos decidirão a eleição. Elton não
tem rejeição entre eles. É apenas uma questão de
intensificar o cabo de guerra em favor dele – comentou Jorge, lendo por sobre os ombros de Marcos. –
No fundo, as pessoas sabem que ele está certo.

Jeremias entrou na cabana com o semblante mais sério que de costume, puxou uma cadeira, sentou-se e disse:

- Jorge, chame os outros, por favor. Preciso falar com todos juntos.

Jorge chamou Walter na cozinha e acordou os irmãos Klaus e Minos que dormiam no quarto. Sentaram-se ao lado de Marcos, que deixara o jornal em cima da mesa, e olharam tensos para Jeremias.

- Desde que Elton tornou-se candidato nós suspendemos nossas atividades para acompanhar sua campanha, apostando que nossa causa poderia ter mais chances de sucesso com a eleição dele. Mas, como eu temia, as pessoas estão indecisas. Elton arriscou demais.

"Não posso... Não vou ficar sentado assistindo à derrota anunciada de nossa última esperança, só porque os indecisos estão sendo bombardeados por uma campanha sem precedentes do candidato do governo, que como sabemos, é muito bem financiado por nossos maiores inimigos.

"Estou partindo para um isolamento, onde espero encontrar a resposta sobre meu papel nisso tudo. Durante algum tempo não haverá notícias minhas. Sigam com suas vidas. Tenho orgulho de tudo que fizemos, mas agora, devo ficar sozinho. Adeus."

Sem dizer mais nenhuma palavra, levantou-se, olhou um por um nos olhos, abriu a porta da cabana e saiu.

Eles sabiam o que significava.

Não questionaram.

Simplesmente resignaram-se.

A militância ecológica é feita de homens duros. Persistentes. Teimosos mesmo. Cada um tinha suas próprias razões para estar ali. Em tudo eram diferentes: nacionalidade, temperamento, estilo, habilidades, conhecimentos...

Mas compreendiam a dor um do outro.

♫ *I'm just a man.*

I'm not giving in...[9] ♫

---

[9] *Eu sou apenas um homem. Eu não estou cedendo...*

CAPÍTULO VII

♫

Lá vem a temporada de flores

Trazendo begônias aflitas

Petúnias cansadas

Rosas malditas

Prímulas despetaladas

Margaridas sem miolo

Sempre–vivas quase mortas

E cravinas tortas

Odoratas com defeitos

E homens perfeitos

♫

Num longínquo fim de tarde, sentados na espaçosa varanda colonial voltada para a densa mata ao redor, Aurélio e Agenor admiravam os últimos raios do sol retirante por sobre as árvores.

As duas figuras solitárias conversavam e suspiravam melancólicas, entretidas pela fumaça de seus charutos.

– Como vai o menino Elton, meu amigo? Tenho observado que ele anda muito inquieto.

– Ah! Caro Aurélio, o pirralho está terrível. Não sei onde ele tem arrumado tantas perguntas. E as teorias então? Um moleque dessa idade não deveria estar preocupado com as coisas da vida. Antes só queria saber de ficar na mata com os amigos. Agora parece um mini "Che Guevara", um revolucionário mirim, querendo mudar o mundo.

– Ele já é quase um adolescente, Agenor. É nessa época que começam a definir seus ideais e a formar seu caráter. Está na hora de mandá-lo para a capital. O garoto tem potencial. Esta pequena cidade não pode mais satisfazê-lo.

– Tens razão, amigo Aurélio. Confesso que venho amadurecendo a ideia de mandá-lo estudar no colégio interno. Na capital ele estaria em contato com mentes mais abertas, menos provincianas e mais estimulantes. E, é claro, eu poderia contar com sua supervisão, já que você estaria por perto. Afinal, você é o padrinho.

– Seria uma honra. Eu adoro esse menino. Ele é sagaz, vivo, e já percebi que é um líder nato. Outro dia presenciei uma conversa da turminha, ali na entrada da fazenda. Ele fala, todos ouvem. Sem dúvida tem futuro na política.

– Devagar, Aurélio, devagar. Se Elton quiser seguir esse caminho, incentive. Mas deixe-o escolher. Não influencie demais. Não é porque você adora política que ele também vai gostar da coisa.

– Que coisa, pai? – perguntou Elton, abrindo a porta, aproximando-se de Agenor, pousando uma mão em seu ombro e com a outra afastando a fumaça do charuto.

– O futuro, meu filho, o futuro. Cumprimente seu padrinho.

– Olá Sr. Aurélio. Como vai?

– Muito bem, jovem. E você?

– Bem, dentro do possível. A cachoeira da fazenda do pai do Jeremias está poluída. Era o ponto de encontro da nossa turma. Estamos muito aborrecidos com toda essa porcaria de civilização. Por que os adultos têm que estragar tudo? Por exemplo, mal consigo respirar aqui por causa desses charutos fedorentos. Por que vocês têm que estragar tudo ao seu redor?

– Elton! Isso são modos? Mas diabos, o que está acontecendo com você? Que rebeldia é essa? Vá já para seu quarto! – repreendeu Agenor.

Aurélio sorriu com o canto da boca. Observando o jovem afastar-se de cabeça baixa, mas pisando duro, ele pressentiu uma estranha força naquele menino. Uma determinação muito maior que a simples revolta de um adolescente confuso. Ali estava alguém com muita energia. Era preciso direcioná-la.

- Aurélio, me desculpe. Entende agora o que eu disse? Realmente, ele precisa ir.

- Agenor, deixe Elton comigo na capital e ele irá mais longe do que você jamais sonhou. Esse rapaz é diamante bruto. É preciso lapidá-lo.

A porta do quarto se abriu e a luz adentrou. Elton, com a cara enfiada no travesseiro, resmungou. O colchão inclinou-se com o peso do corpo que sentara ao seu lado e ele sentiu uma mão acariciar seus cabelos.

- Filho, precisamos conversar. Você é quase um homem feito. Eu tomei uma difícil decisão. Está na hora de você partir...

"Mas poderá ser feliz,

por mais que o mundo ajude,

quem no meio da vida descobriu,

de repente, as lágrimas das coisas?"

Gustavo Corção

CAPÍTULO VIII

♫

Lá vem a temporada de pássaros

Trazendo águias rasteiras

Graúnas malvadas

Pombas guerreiras

Canários pelados

Andorinhas de rapina

Sanhaços morgados

E pardais viciados

Curiós desafinados

E homens imaculados

♫

O trem chegou à estação ruidosamente, borrifando ar quente das caldeiras, que imediatamente se condensava ao entrar em contato com o ar frio e congelante da plataforma de desembarque, criando uma atmosfera sombria e desconfortável. Jeremias desceu de seu vagão e deteve-se por um longo tempo, olhando para o imenso vale branco ao longe.

– Posso retirar sua bagagem, senhor? – perguntou o bilheteiro, aproximando-se.

– Não há bagagem – respondeu Jeremias introspectivo, sem deixar de fitar o vale.

– Perdoe-me senhor, mas veio para este lugar desprevenido?

– Conhece a "Cabana dos Solitários"?

– Ah! Entendi. O senhor é escritor, não é? Quer ficar sozinho no vale para dar vazão à sua criatividade. Mas devo dizer-lhe que todos os que se utilizaram daquela cabana o fizeram muito bem abastecidos de víveres.

– Por que acha que não sou caçador?

– Se me permite dizer, o senhor não tem cara de caçador. Está mais para escritor, com esse jeitão pensativo. É um romance?

– Um drama – murmurou entre dentes. – Pode me dizer o caminho para chegar até lá?

– Nesta época do ano a cabana não é utilizada, porque a neve costuma bloquear o acesso. Se estiver lá quando as tempestades começarem, pode ficar isolado por muitos dias. E como não está levando suprimentos, com certeza está se arriscando. Um livro vale sua vida?

– Agradeceria se me dissesse apenas como chegar até lá – impacientou-se Jeremias.

– Você é que sabe. Siga os trilhos da ferrovia até o fim e rume para o norte. Vai caminhar por cerca de oito horas. Quando estiver perto verá o lago. A cabana fica em uma das margens.

– Obrigado.

Jeremias desceu a plataforma e pôs-se a andar, acompanhando a ferrovia com passos firmes e decididos.

– Boa sorte, hein? – berrou o bilheteiro, quase não acreditando que aquele homem seguia apenas com as roupas do corpo para aquele lugar tão inóspito.

Cada maluco que aparece nesse fim de mundo...

À medida que caminhava Jeremias ia se distanciando cada vez mais da vila. Logo, o último vestígio humano, os trilhos, já não era visível.

Começou a experimentar uma sensação estranha, de incerteza. Ao ver-se cercado pela floresta, sozinho, sentiu-se frágil. Andara apenas duas horas. A cabana estava ainda muito longe, e ele já estava exausto. *Como sou fraco* – pensou.

Sentou-se no chão e levou as mãos ao rosto, ofegante. Como iria sobreviver ali, se nem conseguia chegar ao seu destino?

Estou agindo como um homem civilizado. Isso me matará nesse lugar. Estou aqui para encontrar minha essência. E minha essência veio da natureza. Preciso me integrar a esse ambiente, e não combatê-lo. Um passo de cada vez.

Jeremias imediatamente percebeu que seria desta forma que chegaria à cabana: sem pressa de chegar até ela. A cabana não era o fim em si. Era o meio. O fim em si estava mais no caminho do que no destino final. A cabana o ajudaria a sobreviver. Mas era fora dela que ele encontraria sua essência.

Levantou-se e seguiu adiante. Uma eternidade depois, o lago surgiu à sua frente. Ajoelhou-se para beber da água fria, e avistou a cabana. Ficou ali, naquela posição, por um bom tempo. Não percebeu quanto tempo. Na verdade, já estava perdendo a noção de tempo.

Num lapso de consciência, vislumbrou, então, que o tempo não existe. Não é o tempo que passa. É ele quem passa. Sua vida se resume à quantidade de vezes que seu músculo cardíaco é capaz de se contrair, qualquer que seja a unidade de medida.

Quando se gasta, para. E tudo se gasta. Todo sistema tende ao fim.

O que significa isso, afinal?

Significa que todas as coisas têm que ir, para que outras possam vir. Só o Homem cronometra a vida e insiste em existir decrepitamente. Não aceita ser reciclado. Não vai embora quando chega sua vez. Acumula-se, aglomera-se e perpetua-se, a tudo entupindo.

Elton teria lhe dito isso? Jeremias não intuiu a resposta. As perguntas já estavam ficando difíceis. E sendo o tempo real, ou apenas uma percepção, cada instante naquele lugar parecia uma eternidade. Será preciso ser paciente. Mas ele não sabe ser paciente. Nunca soube. Terá de aprender, para sobreviver.

É tudo tão quieto! Ou será que minha cabeça é que está tão cheia de ruídos que não estou conseguindo perceber os sons desse lugar?

A cabana era rústica, sólida e misteriosamente familiar. Jeremias a conhecia apenas através das histórias contadas por alguns amigos ambientalistas, que frequentemente tentavam frustrar os planos dos caçadores nas temporadas de caça da região. Mas é como se se sentisse ligado a ela. Ao abrir a pesada porta, vislumbrou seu interior simples, repleto de utensílios básicos, mantidos permanentemente ali para quem quer que precise refugiar-se. A cabana era utilizada com frequência nas caçadas, mas nessa época, devido às tempestades constantes, ninguém se aventurava. Exceto, eventualmente, escritores muito bem abastecidos e, agora, um trouxa com apenas as roupas do corpo, suas dúvidas e sua determinação, desesperado por encontrar-se. E decidir o futuro.

As tempestades vieram e se foram. As semanas também. Num dia claro, um bilheteiro recolhia bagagens na estação quando viu uma figura maltrapilha cambaleando nos trilhos, vinda do vale. A barba estava maior e desgrenhada e os cabelos esvoaçados. Deixou a plataforma e correu de encontro ao homem, deduzindo quem seria: o "escritor" que não carregava bagagem alguma...

♫ *Lá vem a temporada de peixes*

Trazendo garoupas suadas

Piranhas dormentes

Sardinhas inchadas

Trutas desiludidas

Tainhas abrutalhadas

Baleias entupidas

E lagostas afogadas

Barracudas deprimentes

E homens inteligentes ♫

                    ALEX CRIVIER

CAPÍTULO IX

♪

Há um vilarejo ali

Onde areja um vento bom

Na varanda, quem descansa

Vê o horizonte deitar no chão

♪

Marta estava sentada no confortável sofá da ampla sala de estar. Seus dedos acariciavam os cabelos macios de Elton, deitado com a cabeça em seu colo, de olhos fechados. Mas ele não dormia.

Não dormia há dias...

Jonas e Clarinha brincavam no tapete, alheios às preocupações que pairavam no ar.

Marta parecia perdida em pensamentos, olhando para seus filhos, mas vendo através deles.

Nós somos privilegiados por tudo que temos. A realidade da imensa maioria da população é muito diferente. Elton pode mudar isso. Pode trazer dignidade às pessoas.

Mas tudo é tão difícil.

Estamos todos tão cansados...

– Pode ficar pior, Marta. Se vencermos, com certeza será ainda mais difícil – sussurrou Elton, sem abrir os olhos.

– Eu não disse nada, querido. Estava apenas observando as crianças – dissimulou Marta, usando um tom de voz doce, sereno.

– Não precisa ser dito para ser percebido, está no ar. Nós estamos na encruzilhada. Os pensamentos passam a ser óbvios – disse ele, abrindo os olhos e admirando o lindo rosto de sua esposa. – Até onde você está disposta a ir?

– Não irei mais longe que alguns centímetros de você.

Ele sorriu. Marta era parte de sua força. Mas também, junto com seus filhos, era sua maior fraqueza. Quando fossem ameaçados – e ele bem sabe que o seriam –, não tinha certeza se conseguiria suportar.

Passava-lhe pela cabeça um estranho desejo de não vencer a eleição.

Talvez minhas loucuras, minhas atitudes intempestivas, sejam provocadas por meu próprio inconsciente, tentando me sabotar. Talvez eu tenha um medo oculto de conseguir o que quero. Porque desconheço o resultado. Posso melhorar a sociedade. Ou apenas destruir minha família.

– Os fins justificam os meios, meu marido.

– Eu não disse nada, querida.

– Não precisa ser dito para ser percebido, está no ar...

Elton não respondeu. Nem sorriu. Apenas olhou-a demoradamente.

– Eu tive um sonho no avião, quando estava indo para a convenção do partido. Ele se repetiu ontem à noite. Não sei se é um aviso, ou o quê...

– Me conta?

– É esquisito...

AVISO

Num observatório no Havaí, vários astrônomos estavam desesperados. Tinham acabado de constatar o deslocamento do planeta-anão Ceres do cinturão de asteroides. Com mais de 900 km de diâmetro, estava em rota de colisão com a Terra. Em pouco tempo estaria no ponto de não retorno. A única solução viável seria construir "impactadores" nucleares para desviá-lo, mas iria custar trilhões. Na ONU, o Secretário-geral tentava finalizar uma proposta do órgão para o "Evento Ceres", pois nenhuma nação concordara com a parte dos custos que lhe fora atribuída. De repente, diante de todos, a fênix pintada a óleo no centro da tela do mural começou a esfarelar-se em cinzas, espalhando-se com as correntes do ar-condicionado. De dentro do buraco deixado pela desintegração da figura da ave, surgiu uma projeção em direção ao teto do plenário, como um filme, exibindo imagens de bombinhas mixurucas explodindo próximo a Ceres. As ondas de choque desviaram o planeta, mas como numa jogada muito desastrada de bilhar, ele atingiu a Lua em cheio, mandando-a para cima da Terra...

Marta ficou em silêncio por um instante, imaginando a cena. Perguntou angustiada:

– Pode significar que somos incapazes de conseguir consenso, mesmo diante da destruição?

– Acho que é pior Marta. Acho que significa que, mesmo diante da aniquilação, continuamos contando dinheiro...

– Faça o que tiver que fazer meu marido.

Ele entendeu que ela sabia do sacrifício.

Ela conhecia o risco, estava ciente do preço que talvez tivessem que pagar. Mas as crianças não podiam tomar uma decisão.

Eles estavam decidindo por elas.

Marta é forte e decidida. Mas Jonas e Clarinha serão as maiores vítimas, se tudo der errado.

Elton levantou-se, suspirando.

– Quer alguma coisa da cozinha, querida?

– Não, obrigada. Pode trazer sorvete para as crianças?

– SORVETE? OBA! – berraram os dois, como que despertados pelas palavras mágicas.

Elton e Marta se entreolharam.

Afinal, seus filhos não estavam tão alheios assim à conversa. Mas, se perceberam alguma tensão no ambiente, simplesmente não demonstraram. Às vezes as crianças são mais sensatas que os adultos...

– Quer ajuda com os sorvetes, Sr. Elton? – perguntou Antenor, entrando na cozinha.

– Não, obrigado Antenor. Hoje é sua folga. Acho que consigo colocar alguns sorvetes nas taças sem melecar toda a cozinha – respondeu Elton, deixando cair uma bola de creme no chão.

– Ao que parece, não está tendo muito sucesso, senhor. Permita-me ajudá-lo.

– Está bem, está bem. Sempre fui desastrado na cozinha mesmo.

– Tem outras habilidades, senhor. Com certeza, que exigem muito mais coragem. Está preocupado com o futuro?

– Antenor, meu amigo. Você está na família há tanto tempo que o considero meu segundo pai. Temo pelas crianças – confidenciou Elton.

– Senhor, qualquer que seja o futuro, não poderá desfazer o passado. É um homem íntegro. Todos reconhecem isso. Está se arriscando em nome de uma causa nobre. Seus filhos saberão dar valor a isso. E conhecendo-os como conheço, arrisco dizer que aceitarão a parte do sacrifício que couber a eles, e entenderão seus motivos, quando puderem julgar por si mesmos.

Antenor era apenas um mordomo, mas era muito respeitado por sua serenidade. Com frequência Elton recorria a ele para encontrar equilíbrio. E, mais uma vez, conseguira.

♫ *Há um vilarejo ali [...]*

Pra acalmar o coração

Lá o mundo tem razão

Terra de heróis, lares de mãe

Paraíso se mudou para lá ♫

CAPÍTULO X

O dia amanheceu claro, sem nenhuma nuvem no céu. Jeremias mal dormira. Sonhou novamente, o mesmo sonho da tundra. Achava que havia entendido seu significado; Jack era um sinal.

Um homem pode mudar o mundo.

Era por isso que estava ali.

Iria fazer o que tinha que fazer.

Na pequena sacada do apartamento, no terceiro andar de um prédio de frente para a larga avenida central, ele tomava um café, sentado numa cadeira de vime. Segurando a caneca, suas mãos suavam. Observava a fumaça subindo e se dissipando no ar. Poderia estar confortável, mas não estava. Seus ombros pesavam toneladas, seu coração estava apertado e se perguntava se suportaria as consequências de seu ato.

Passara a semana anterior preparando o local próximo à esplanada do Teatro Municipal. Repassava todos os passos do plano em sua mente. Com o céu limpo daquele jeito, o sol seria o juiz, quase não havendo chance de falha. O universo conspirava para que acontecesse.

Pensou em Walter. Não sabia se seria perdoado por usar, para aquele fim, os conhecimentos que ele lhe ensinara.

Ainda era cedo, mas a movimentação na avenida já começava a ficar intensa. O comício de Matias seria concorrido. O candidato, hospedado no hotel da esquina, deveria sair por volta das 07h45min.

Jeremias foi até o estéreo e verificou os CDs no carrossel. Só havia um disco. A melancolia de Thom Yorke parecia ser mesmo a melhor companhia naquela hora.

♫ *Her green plastic watering can*
(Seu regador de plástico verde)

Voltou à sacada. Encostado na parede, ficou a observar o que acontecia na praça defronte o teatro.

For her fake chinese rubber plant ♫
(para sua falsa planta chinesa de borracha)

Matias saiu no horário previsto, acompanhado de Eve, sua mulher, e cercado por correligionários, seguranças e os indefectíveis puxa–sacos.

♫ *In the fake plastic earth*
(na falsa terra de plástico)

Caminhou por cerca de um quarteirão em direção ao palanque instalado na esplanada do teatro, cumprimentando as pessoas no caminho. Eve sorria.

That she bought from a rubber man ♫
(que ela comprou de um homem de borracha)

A esplanada não era muito grande e, como de costume, Matias havia exigido que o palanque ficasse meticulosamente centralizado, à frente de todos. Gostava de visibilidade. Posicionou–se. 08h00min.

♫ In a town full of rubber plans
(em uma cidade cheia de planos de borracha)

O sol esquentou a manhã.

To get rid of itself ♫
(para se livrar de si mesma)

Na sacada, Jeremias deixou-se cair pesadamente na frágil cadeira de vime.

♫ It wears her out, It wears her out
(Isso a desgasta, isso a desgasta)

Ali perto, uma célula fotoelétrica num dispositivo bélico encontrou a luz do sol.

It wears her out, It wears her out ♫
(Isso a desgasta, isso a desgasta)

Uma reação em cadeia acionou um gatilho.

♫ She lives with a broken man
(Ela vive com um homem quebrado)

08h05min. Um som abafado não foi ouvido.

A cracked polystyrene man ♫
(Um homem de poliestireno rachado)

Dois corpos foram ao chão.

♫ Who just crumbles and burns
(que apenas desmorona e queima)

Um na esplanada do teatro, com a cabeça explodida por um projétil.

He used to do surgery ♫
(Ele costumava fazer cirurgias)

O outro de joelhos, aos prantos, na sacada do pequeno apartamento.

♫ *For girls in the eighties*
(para meninas nos anos oitenta)

O tumulto tomou conta da praça.

But gravity always wins ♫
(mas a gravidade sempre vence)

A polícia não encontrou ninguém.

♫ *It wears him out, It wears him out*
(Isso o desgasta, isso o desgasta)

A História mudou de trilho.

It wears him out, It wears him out ♫
(Isso o desgasta, isso o desgasta)

A música continuou no ar, mas no chão, com a cabeça entre as pernas, Jeremias não estava mais ouvindo...

♫ *She looks like the real thing*
(Ela parece com algo real)

Matias foi morto.

She tastes like the real thing ♫
(Ela tem o gosto de algo real)

Eve desapareceu.

♫ *My fake plastic love*
(Meu falso amor de plástico)

E as nuvens nublaram o céu...

♫ *But I can't help the feeling*
(Mas eu não posso evitar o sentimento)

I could blow through the ceiling
(eu poderia explodir através do teto)

If I just turn and run...
(Se eu apenas virar e correr...)

It wears me out, It wears me out
(Isso me desgasta, isso me desgasta)

It wears me out, It wears me out
(Isso me desgasta, isso me desgasta)

And If I could be who you wanted?
(E se eu pudesse ser quem você queria?)

If I could be
(Se eu pudesse ser)

Who you wanted
(quem você queria)

All the time
(o tempo todo)

All the time... ♫
(o tempo todo...)

CAPÍTULO XI

> ♫ *They've killed the president.*
>
> *It came from the skies,*
>
> *in all shades of green.*
>
> *We can always justify,*
>
> *we can measure up your dreams,*
>
> *I know;*
>
> *I've seen the master plan.*[10] ♫

Todas as emissoras de televisão interromperam suas programações:

"MATIAS CLIFF ASSASSINADO EM COMÍCIO"

Na suíte de um hotel, diante da tv, Alice, Aurélio, Marta e Elton acompanhavam as chamadas dos boletins extraordinários, boquiabertos.

Elton esfregava as mãos no rosto.

– Isso é uma tragédia! Uma tragédia!

– Sem dúvida, Elton. Mas é prematuro avaliar as consequências. Essa tragédia pode nos favorecer – contemporizou friamente o senador.

---

[10] *Eles mataram o presidente. Veio dos céus, em todos os tons de verde. Nós podemos sempre justificar, nós podemos medir seus sonhos, eu sei; Eu vi o plano mestre.*

– Mas quem poderia ter feito isso? – indagou Marta.

– Matias era um político profissional. Ao longo de sua carreira arrumou muitos desafetos. Muita gente teria interesse em sua morte – disse Alice.

A política poderia ser muito perigosa. Elton pensou em Jonas e Clarinha.

Que motivos seriam assim tão fortes para levar alguém a tirar a vida de uma pessoa? Um pai de família!

Um calafrio percorreu toda sua espinha.

Que loucura! Matias não era santo, mas não merecia isso.

– É preciso tomar algumas providências, meu caro – alertou o senador, levantando–se e pousando a mão sobre os ombros de Elton, tirando–o de seus pensamentos.

– Tem razão, Aurélio, tem razão. Acho que, primeiro, precisamos suspender nossa agenda. Alice, por favor, convoque uma coletiva com a imprensa. E é importante levarmos pessoalmente nossos sentimentos à família de Matias, Marta. Éramos adversários políticos, não inimigos. Aurélio, meu amigo, precisaremos que você utilize seus contatos para descobrir o que estão comentando. Temos que saber os detalhes do que aconteceu e de como aconteceu.

Elton temia pela interpretação dos fatos. Muita gente poderia ter interesse no desaparecimento de

Matias, mas ele, estando numa corrida presidencial, estava obviamente em evidência.

Muita cautela. Muito tato. Não posso errar agora. Matias está morto. É trágico. Mas também é providencial. O senador tem razão. Isso pode me favorecer.

– Estamos ao vivo da esplanada do Teatro Municipal, onde o candidato do governo à presidência, Matias Cliff, acaba de ser assassinado. Testemunhas afirmam que o ex–ministro simplesmente caiu enquanto discursava, tendo sido socorrido por seus seguranças, que perceberam que ele havia levado um tiro na cabeça. Ao que parece a esposa do candidato, Eve Cliff, que se encontrava próxima a ele no comício, correu para dentro do teatro assim que viu seu marido começar a cair, num gesto que intrigou a todos. Os peritos de cena criminal já estão trabalhando no local. A polícia está fazendo buscas na região, mas até o momento não encontrou nenhuma pista. Eu sou Alberto Costa e estarei com vocês na cobertura dessa tragédia.

– Tinha que ser o Alberto! Ele não vai com a nossa cara, Elton. Você precisava humilhar justamente o jornalista da maior rede de tv no debate? Tenho certeza que ele vai causar problemas – resmungou Aurélio.

– Realmente, senador, o cara tem me perseguido. Mas não fiz por mal. Não foi intencional, na hora foi apenas oportuno...

Elton fez um *mea-culpa* e indagou: – Como ficamos com a coletiva, Alice?

– Acabo de enviar mensagens para todos os órgãos de imprensa, convocando a reunião para as 14 horas, no saguão do hotel. Precisamos elaborar uma nota. Não abra para perguntas, Sr. Elton. Ainda sabemos muito pouco sobre o que realmente aconteceu. E, por favor, evite o Alberto Costa – sugeriu a eficiente assessora.

13h59min. Elton olhava a multidão de repórteres se acotovelando no saguão do hotel, confirmando seu temor. Uma resposta tão rápida só poderia significar uma coisa: a imprensa já o elegera o suspeito número um.

– Esta manhã nós sofremos um duro golpe. Na reta final da campanha presidencial, o líder nas pesquisas foi covardemente retirado da disputa. Que sentimentos podem ficar? Além de profundo pesar, frustração. Frustração por saber que a nação jamais saberá o que poderia ter sido. As cartas mudaram, mas o jogo continua, e ainda é o mesmo. Se eu for eleito, quero crer que o seria de qualquer forma. Tenho a certeza de que esta tragédia será esclarecida o mais rápido possível. Obrigado a todos.

Um turbilhão de perguntas embolou-se no ambiente, mais confuso que um pregão da bolsa. Alberto Costa ia fazer uma provocação quando o *office boy* da redação chegou apressado e lhe entregou um envelope lacrado, endereçado a ele com letras escritas com pincel de pintar parede. Agradeceu ao mensageiro e o dispensou. Afastou-se para um canto do salão e abriu-o imediatamente, tendo o cuidado de manter a integridade do invólucro. Pegou seu conteúdo e passou a vista rapidamente. Com as pernas bambas, correu para a redação...

Elton subiu as escadas do saguão do hotel quase que imediatamente, sufocando seu desejo de ficar e responder a todas as perguntas que insistiam em segui-lo. Mas Alice estava certa. Não podia se manifestar enquanto não soubesse exatamente o que havia acontecido. De repente, pensou em Jeremias, e gelou.

– Elton, o que foi?

– Nada, Marta, nada. Foi só um pressentimento. Vamos falar com Alice sobre as questões do funeral.

Conhecendo Elton como ninguém, Marta percebeu que alguma coisa o havia perturbado. Mas naquele momento, apenas deixou passar...

As crianças estavam incomodadas com as roupas. Se havia uma coisa que Jonas e Clarinha detestavam, era vestirem-se a rigor. Mas um funeral é um funeral. A roupa demonstra respeito, tinham que aturar.

No centro do grande salão da repartição federal a que servira, um esquife de nobre madeira abrigava o não tão nobre corpo de Matias. Muito se especulava sobre ele. Suas ligações com o crime organizado (nunca comprovadas), seu trânsito junto aos poderosos, os favores a grandes empresários, sua fortuna misteriosa.

E Eve, sua surreal esposa, idolatrada como "a mulher perfeita" pelas revistas que vendem imagem. Ao lado do marido morto, ela parecia uma fria estátua de mármore de Carrara, refletindo a luz do imenso lustre do teto. Com movimentos econômicos, sem nem mesmo alterar a feição do rosto, recebia os pêsames da interminável fila de pessoas presentes para homenagear o morto, ou simplesmente aparecer para a massa de repórteres que captavam cada gesto no lugar.

– Meus sentimentos – disse Elton, pegando levemente na mão da viúva. – É uma tragédia.

Marta limitou-se a ficar ao lado de Elton. Não fez um cumprimento formal, apenas a olhou ternamente.

– Obrigada – respondeu Eve, com o mesmo tom de voz que ofereceu aos demais.

O casal e as crianças saíram da fila e dirigiram-se à cafeteria, onde o Senador Aurélio tomava um *capuccino*.

– Aurélio, a mulher é um *iceberg*! – comentou Elton junto ao ouvido do senador.

– Elton! – cutucou Marta. – Respeite o lugar.

– Marta, eu sei que vocês não conheciam Eve pessoalmente. Mas acredite-me, tudo o que dizem é verdade. A mulher não tem mais nenhum vestígio de humanidade no corpo. Ela é obsessiva com sua aparência. As fofoqueiras de plantão perderam a conta das plásticas que já fez. Vivem insinuando que ela tem um caso com seu cirurgião plástico.

– Pobre criatura, nem consegue mais demonstrar emoção – apiedou-se Marta. – Mas seu cirurgião plástico é mesmo muito bom! Ela é linda!

– Talvez não seja o caso de demonstrar emoção. Talvez não as sinta – disse Aurélio.

– Como assim? – indagou Elton, curioso.

– Você e todos no meio político sabem que Matias tinha várias amantes, e que Eve era quase que apenas figurante. Aparecia de vez em quando ao lado dele. O casamento é uma fachada há muito tempo. Seu filho tem apenas dois anos e o tiveram para ajudar na campanha presidencial, já que os eleitores consideram muito o lado família do candidato. É claro, a gravidez foi inseminação artificial.

– Aurélio, não pode julgá-los pelo que dizem os tabloides – indignou-se Marta.

– Marta tem razão, senador. Eu sempre soube que Matias não era flor que se cheire, mas se fôssemos acreditar na mídia estaríamos perdidos. Nenhuma personalidade pública jamais irá satisfazer o ideal de perfeição que os jornais esperam que tenham. Sempre haverá o que criticar e distorcer. A regra básica é ignorar essas reportagens e só se pronunciar quando for extremamente necessário.

– Minhas fontes nunca são os jornais, meus caros. Eve tem muito a ganhar com a morte de Matias – cochichou Aurélio, retirando-se em direção a um grupo de jornalistas próximos.

Elton e Marta se entreolharam.

As coisas estavam ficando um tanto quanto... estranhas?

♫ *They've killed the president,*

They've killed the president.

I'm just a man...[11] ♫

---

[11] *Eles mataram o presidente, eles mataram o presidente. Eu sou apenas um homem...*

CAPÍTULO XII

♫

Há um vilarejo ali [...]

Lá o tempo espera

Lá é primavera

Portas e janelas ficam sempre abertas

Pra sorte entrar

♫

Elton olhava para o céu e via a chuva de papel picado despencando dos prédios. Na carreata da vitória, acenando mecanicamente do conversível para a multidão, tudo parecia uma cena de filme em câmera lenta.

Ele estava ali, mas sua mente estava longe. Estava na morte de Matias; no caso de Eve com seu cirurgião plástico nas manchetes; na mídia explorando o escândalo e confundindo a polícia e a opinião pública; no sonho que tivera no avião...

Estava eleito, mas não sabia se realmente havia ganhado a eleição.

Uma espécie de torpor o atingia, confundindo suas emoções.

Aurélio não parecia confuso. Sorria exageradamente como uma criança num parque de diversões.

Marta estava impávida; serena como sempre.

O povo saudava o novo presidente, sem saber exatamente o que esperar dele. Alguns acenavam por esperança. Outros, por convicção. A maioria, por cansaço.

O longo dia de festividades enfim terminara.

Em sua mansão, Aurélio desceu as escadas do porão, em direção à adega. Dispensara os serviçais. Aquele era um momento só seu; não queria ninguém por perto. Observou cuidadosamente os rótulos das dezenas de garrafas devidamente catalogadas e organizadas e deteve-se diante de uma em especial: Romanée Conti, safra 1971. A ocasião merecia. O líquido desceu suave e preencheu a taça com majestade. O ritual de movimentos circulares liberou o buquê luxuoso da bebida. O prazer da degustação foi indescritível. Aurélio entrou em êxtase. Enfim a vitória. *Minha vitória.*

Jonas e Clarinha dormiam profundamente em suas camas. Uma aura de confiança circundava o quarto. São crianças. São inatingíveis se reconhecem força nos pais. No jardim, Marta estava sob um céu claro e uma lua lindíssima, toda cheia de si; o infinito trazia a paz e sussurrava–lhe que tudo é apenas um breve instante... *"carpe diem quam minimum credula postero"*[12]. Marisa Monte cantava "Vilarejo" e Marta dançava, observada por seu amor, hipnotizado pelo vestido de renda branca que há muito não via as ruas, pois passara. Mas ele adorava.

A mesma lua iluminava esperança e solidão. E tornava a pele de Eve ainda mais branca. A beleza do mármore sucumbia à própria frieza, roubando o calor do ambiente, e sua figura agora parecia fantasmagórica. Na imensa casa com dezenas de cômodos, visitados apenas por espanadores de pó indiferentes à decoração, ela vagava tristemente. Tudo muda. Às vezes, rápido demais.

Jorge, Walter, Klaus, Minos e Marcos brindavam. Mas o tilintar dos copos não reverberava alegremente; era seco, como o vinho velho que tinham na cabana. Comemoravam a vitória de Elton, mas não sabiam exatamente se isso era bom. As razões se haviam ido com o companheiro de causa...

---

[12] *"aproveita o dia e confia o mínimo possível no amanhã"*

Passando a mão no queixo, os dedos estranhavam a falta de pelos. O velho hábito de coçar a barba estava tão impregnado em Jeremias que ele o fazia automaticamente, e se aborrecia por não sentir a mesma sensação. Ao recorrer aos cabelos, nova decepção. A cabeça raspada era ainda mais difícil de aceitar. Mas tudo o que podia fazer agora era ficar olhando seus pelos crescerem. No retiro onde estava, não havia outras formas de contar o tempo.

Elton estava eleito.

♫ *Há um vilarejo ali [...]*

Em todas as mesas, pão

Flores enfeitando

Os caminhos, os vestidos, os destinos

E essa canção ♫

CAPÍTULO XIII

♫

Há um vilarejo ali [...]

Por cima das casas, cal

Frutos em qualquer quintal

Peitos fartos, filhos fortes

Sonho semeando o mundo real

♫

Alberto Costa chegou às nove horas em ponto. Enquanto aguardava no imenso hall, ficou observando o jardim extremamente bem cuidado, assim como a magnífica casa em estilo neoclássico dos Cliff.

Tudo parecia meticulosamente no lugar, revelando a obsessão dos proprietários.

Quem seria mais neurótico? Ele ou ela?

– Entre, Sr. Alberto. Por favor, acompanhe-me. Creio que podemos conversar mais tranquilamente no living.

– Senhora Cliff...

– Eve, por favor.

– Ok. Senhora Eve...

– Eve.

– Desculpe. É o hábito.

– Sente-se Sr. Alberto...

– Alberto.

Eve sorriu. Alberto ficou hipnotizado por um instante. Quase sucumbiu à "Síndrome da Mulher Bonita", que deixa os homens abobados.

Se o tivesse feito, seria perfeitamente compreensível: a *RealDoll* era perfeita, no sentido estrito da palavra. Simétrica. Inumana.

– Eve, obrigado por me receber.

– Obrigada por vir. Gostaria que me ajudasse. Acho que tenho o direito de falar, já que estou sendo atacada de todas as formas pela mídia.

– Bom... Convenhamos, as circunstâncias são incômodas.

– Aceita um chá? – perguntou Eve, servindo-se de uma xícara.

– Obrigado, a senhora... é muito gentil.

– Gentil é a última coisa que acham de mim, graças às manchetes. Não sou o monstro que pintam.

– Não induzimos a opinião pública senho... Eve – corrigiu. – Publicamos os fatos. As pessoas julgam por si mesmas – disse ele, observando o movimento dos seus olhos de cristal.

Sem indício de submissão, Eve pediu–lhe:

– Preciso desta entrevista a meu favor, Alberto. Meu casamento não era um mar de rosas, mas não conspirei para matar meu marido.

– Bom, a perícia da polícia deu em nada. A balística forense apontou que a trajetória da bala veio do prédio detrás da estátua do Monumento ao Combatente, na praça, mas não foram encontrados vestígios em nenhum apartamento.

"Agora, tenho que dizer–lhe, na esplanada do teatro – está no vídeo de um dos cinegrafistas que cobriam o comício –, a senhora correu na direção oposta a seu marido antes mesmo que o corpo dele tocasse o chão! Sequer olhou para trás!"

– Matias tinha ligações perigosas. Sempre tive medo de que um dia isso pudesse acontecer. Aliás, vivia esperando quando seria. Foi uma reação instintiva. As negociatas e toda a sujeira política me davam nojo. Ele nunca estava em casa. Quando quis um filho, achei que fosse mudar. Mas logo percebi que seu interesse era eleitoral. Ele nunca deu atenção ao menino.

– Eu sinto muito. Quatro paredes podem ser muito opressivas, às vezes. Tão opressivas que apoiar–se num ombro amigo seria quase... inevitável? – pescou Alberto.

– Meu relacionamento com meu cirurgião plástico não é um mero caso. Vamos nos casar. Matias sabia. O acordo era que eu aguardasse o resultado das eleições para nos divorciarmos.

– Um divórcio não seria tão favorável quanto um inventário; estou certo? – arriscou o jornalista.

– O senhor é ousado, Sr. Alberto...

– Alberto.

Eve não sorriu desta vez.

– Por que não se pergunta qual a origem das fotos minhas com meu amante, que chegaram à imprensa coincidentemente logo após a morte de meu marido, com a intenção óbvia de fazer com que as suspeitas recaíssem sobre mim e desviassem a atenção do verdadeiro culpado? Fotos essas que o senhor explorou avidamente... – disse a madame, levantando-se.

– Eu...

– Tenha um bom dia, senhor Alberto.

Antes de deixar a propriedade, Alberto deteve-se um instante e ficou olhando aquele mundo nababesco.

Felicidade?... Isso não existe.

Já na redação do jornal, sentou-se em sua cadeira, pôs os pés na mesa e fitou o velho ventilador de teto.

Com o barulho hipnótico da geringonça enchendo o cômodo, divagou...

O envelope anônimo... as fotos com o amante... o vídeo do cinegrafista... Eve pode estar dizendo a verdade. Pode ser uma conspiração. Mas quem estaria por trás?

♫ Há um vilarejo ali [...]

Tem um verdadeiro amor

Para quando você for ♫

CAPÍTULO XIV

> ♫ *Walk in silence*
>
> *Don't walk away,*
>
> *in silence*
>
> *See the danger*
>
> *Always danger*
>
> *Endless talking, life rebuilding*
>
> *Don't walk away.*[13] ♫

A luz do sol entrava sorrateiramente pelas frestas das portas e arrancava fileiras de figuras monocromáticas dos quartos, vestidas com surradas túnicas monásticas. Em silêncio, dirigiam-se ao dia que os requeria, num monótono ritual matinal.

Jeremias ainda não se acostumara com a rotina e madrugar era difícil para quem estava dormindo mal. Mas a mesma luz do sol que obrigava a todos a um novo dia, inquiria-o implacavelmente.

O sol enchia seus pesadelos. Sua consciência estava cobrando o preço do que fizera, sem cessar. Dostoiévski ria-se dele. Com a cara toda amarrota-

---

[13] *Caminhe em silêncio. Não se afaste, em silêncio. Veja o perigo. Sempre perigo. Conversas sem fim, reconstruindo a vida. Não se afaste.*

da, sentou-se para comer a parca ração dos ermitões. A penitência dos atormentados.

Estou enlouquecendo.

– Você tem estado distante desde que chegou a este eremitério. Gostaria de compartilhar o que o aflige?

Jeremias olhou demoradamente o ancião de olhos fundos que surgira ao seu lado oferecendo amizade; enfim perguntou:

– Quanta dor um homem é capaz de suportar? Saberia dizer?

– Um homem pode suportar nos ombros todo o peso da montanha onde estamos; ou não mais que esta cesta de pães pobres. Aquele cujo caráter é forjado no fundo do mais negro poço carregará a montanha com surpreendente facilidade.

– E como reconhecer esse caráter?

– Você o vê naquele que fez algo que não pode ser mudado, e compreendeu o que isso significa. Sua dor se cristalizará, tornando-se sólida. É sobre ela que ele apoiará a montanha.

– O que tal homem fez é irrelevante, então?

– Se não há remédio, remediado está.

– E se este homem tiver tirado uma vida em nome de uma causa?

– Santo Agostinho disse que "*não é o suplício que faz o mártir, mas a causa.*" – citou o velho.

– Então toda causa é justa? – testou Jeremias.

O ermitão contraiu os lábios enrugados num semissorriso, atento à armadilha moral armada por seu interlocutor.

– Se nosso homem chegou a agir em nome dessa causa, é porque estava convencido de sua justiça. Isso basta.

– Mas, e se ele vier a descobrir que estava errado?

– Então ele terá caráter.

Jeremias empacotou e guardou a sabedoria daquele homem para mais tarde, mas seu coração sentiu-se um pouco mais leve com aquela conversa. O ancião propôs-lhe:

– Há uma tradição neste lugar, cultivada por ser muito eficaz no ensinamento que visa transmitir. Aceitaria participar?

– Bom, acho que minha agenda está livre...

– Então venha comigo; uma nova estação começará em breve e temos muito o quê fazer.

Muito o quê fazer?

Jeremias não entendeu, pois naquele lugar tudo o que faziam era trivial. Nada tinha lá muita urgência, a rotina era um tédio.

O velho o conduziu até o andar superior da milenar construção, onde havia uma enorme porta que dava acesso a um amplo terraço. Logo atrás, outros ermitões vinham trazendo sacos de areia.

– Quando você chegou ninguém perguntou quem você era, ou por que estava aqui. Assim como não foi perguntado aos que vieram antes de você. Quando partir, também não perguntarão para onde vai. Este tem sido um lugar de reflexão e aprendizado por muitos séculos. É uma casa de busca interior, um *monastérion;* "habitação solitária" em grego.

"Mas aqui não há monges; os que são atraídos para cá não têm convicções religiosas, até porque, aqui não existem convicções. As pessoas chegam, inserem-se no cotidiano e passam a fazer as tarefas necessárias ao funcionamento da estrutura de acordo com suas habilidades; alguns cozinham, outros limpam, outros plantam, outros pastoreiam, outros consertam coisas. Alguns só contemplam o vazio. Ninguém aqui se preocupa com o outro.

"Quem acaba por vir para cá já superou as convenções humanas. Você participará deste ritual pela primeira vez. Talvez isso o ajude a compreender seus motivos."

– O que devo fazer?

– Não "deve"; não é uma obrigação. Nos sacos há areia tingida com as mais variadas cores. Faça mandalas no chão. Se quiser.

Durante todo o dia executaram lindas formas nas pedras do terraço. Jeremias foi deitar-se com dores nas costas e os joelhos esfolados.

Na manhã seguinte o ancião surgiu ao lado de sua cama e o acordou.

– Quer vir até o terraço antes do desjejum?

Ele acompanhou-o até o local outrora decorado, onde os outros já dançavam sobre os delicados desenhos.

– Mas... Isso deu um trabalhão danado! Porque estão destruindo? – perguntou Jeremias, inconformado.

– Não se preocupe com isso. Venha, vamos dançar também. Todo o pátio é um salão de baile. Apenas sinta o cosmos.

♫ *Walk in silence. Don't turn away, in silence*

Your confusion, my illusion.[14] ♫

Hesitante, Jeremias pôs os pés no chão frio e sentiu a areia úmida entrar pelo meio dos dedos. Uma estranha sensação de vínculo com a terra inundou-o e, de olhos fechados, começou a movimentar-se. O ar estava gelado, mas não incomoda-

---

[14] *Caminhe em silêncio. Não se vire, em silêncio. Sua confusão, minha ilusão.*

va. Na verdade, envolvia–o e o fazia sentir–se abra-
çado. Cada centímetro de seu corpo experimentava
uma sensação de funcionalidade. Estava vivo.

Vivo, apenas, como se mais nada importasse.
Lembrou–se da tundra gelada. Sentira isso na tundra gelada.

E lembrou–se da decisão que lá tomara.

♫ *Worn like a mask of self–hate,*

Confronts and then dies. Don't walk away[15] ♫

Parou de dançar, abriu os olhos e olhou para
as mandalas destruídas.

Caminhou cabisbaixo na direção do grande
portal e desceu as escadas.

No refeitório, cutucava a ração matinal com
desinteresse. Perdera a fome.

Toda a dor no seu coração voltara.

Intensa.

Insuportável.

– Acha que destruiu as mandalas? – perguntou o velho, surgindo ao seu lado.

---

[15] *Usada como uma máscara de "ódio-próprio", confronta e depois
morre. Não se afaste.*

– Não existem mais mandalas, certo? Então, tenho certeza de que as destruí. Ainda estou tentando entender o sentido disso. Foi trabalho em vão.

– Em vão? Não sentiu nada enquanto dançava sobre elas?

– Senti uma sensação de integração, de intensa comunhão com as coisas. Mas efêmera, entende? Um instante apenas.

– Um instante apenas, é o que tudo dura. Esse é o sentido do ritual. Não se apegue às coisas. As coisas têm seu tempo de duração. Não são criadas, nem destruídas, apenas transformadas. Por um breve instante. Porque no próximo instante, elas serão outra coisa. É o ciclo do universo. A ideia de destruição é estritamente humana. Sim, você destruiu as mandalas, porque você as criou. Mas, na verdade, você só manipulou areia. Para os homens, o incêndio numa floresta significa destruição. Para os animais, apenas renovação. Apenas alteração de um estado para outro. Mudança.

– Não acha que os homens estão destruindo a natureza? Acha que tudo o que está acontecendo faz parte de um ciclo natural?

– Não, o que o Homem está fazendo não é natural. Porque nenhum outro ser terrestre jamais teve tamanha capacidade de manipular o meio. Mas o que surgirá da intervenção humana, ainda que mais feio e hostil, continuará sendo natureza. Ele não pode destruir a natureza, porque não a criou. Está apenas alterando-a. O resultado mais provável é que o meio se torne impróprio para o próprio Homem. Assim, quando a humanidade minguar, a natureza se transformará novamente, seguindo seu ciclo universal, e uma nova ordem se instalará. Por um instante. Talvez um instante de milhares de anos. Talvez milhões. Se pensar no tempo profundo, talvez bilhões de anos. Até alterar-se novamente.

     – Parece haver um determinismo nessa ideia. A raça humana está fadada a fracassar? Então não há nada a fazer? A cadeia de eventos que nos condenará não pode ser detida?

     – Receio que não... Mas tudo que existe, existe eternamente. Existe por um instante numa determinada forma, e por outro instante, noutra forma, e assim sucessivamente. Tudo que o compõe, veio do meio e ao meio retornará. Você existirá daqui a quinhentos anos. Não com essa forma, nem com essa coesão. Partes de você estarão nas pedras, nas águas, nas plantas, em outros seres vivos; você estará espalhado no todo.

     – Não seria mais eu. Seria um monte de átomos borrifados no universo.

     – Não necessariamente. O meio produziu o equipamento cérebro e o equipamento cérebro produziu, no *Homo Sapiens*, o pensamento complexo, ou seja, a consciência, que é um padrão de energia único em cada ser. Origina-se no cérebro, mas, por ser energia, pode existir e se manifestar no *éter*. Faça comigo um experimento mental: imagine que você morreu e seu cérebro deixou de produzir as interações eletroquímicas que mantinham seu corpo alimentado de sensações. Seu corpo, ou mais especificamente os átomos que o compunham, voltaria ao meio, pois nele nada há de diferente da matéria comum. É adubo. Mas sua consciência é energia, e é única, vibra numa frequência particular, e permanece no fluido cósmico de forma íntegra. Se você, no uso do seu corpo físico, conseguiu produzir um padrão vibracional que se alinha com esferas mais sutis e elevadas, você dirá adeus a este vale de lágrimas para sempre, passando a existir em outro nível corpóreo. Mas se seu padrão vibracional ficou mais inclinado à frequência da matéria densa, sua consciência energética será atraída para o meio novamente, dispersando-se um pouco aqui e acolá, mas o grosso do seu "eu" acabará em outro *Homo Sapiens*, onde, naturalmente, reciclará sua energia e construirá um novo "eu", e assim sucessivamente.

— Você descreveu uma espécie de "alma". Lamento, mas não discuto religião. É uma conversa inútil, especulativa. Não salvou nem minha mãe.

— Não vá por esse caminho. Desde que chegou aqui, você tem sido convidado a rezar ou a meditar?

— Meditar — respondeu Jeremias, confuso.

– Pois então; não estou falando de coisas místicas, nem de dogmas. Portanto, consciência, como conceito religioso, não cabe aqui. Este é um lugar de pensamentos. Apenas pensamentos. E pensamentos são ondas cerebrais, geradas por impulsos elétricos. Pensamento é energia. A consciência é a coletividade dos seus pensamentos, é a energia reunida pela matéria que, após a desintegração desta, permanece coesa, como entidade autônoma. E como toda energia, é positiva e negativa. É a determinação do estado de sua energia o objetivo de sua existência a cada instante.

– Ancião, em nome de uma causa, sacrifiquei minha consciência. Minha única esperança é que não tenha sido em vão. Essa nossa conversa me deixou confuso. Está me parecendo que as coisas são como elas são, e não importa o que se faça, elas caminharão para um resultado previsível, ou seja, a raça humana cairá, por sua própria culpa ou não, porque uma espécie tem que sair de cena para dar lugar à próxima, seguindo um ciclo inevitável. Já tive esse *insight* antes e recusei-o.

– Eu disse que tudo existe por um instante. E, como já disse também, esse instante, no cronômetro do universo, pode ser de milhares, milhões de anos. Alguns insetos vivem em algumas horas o ciclo completo de uma vida: nascimento acasalamento e morte. O tempo para eles é uma variável diferente em relação ao Homem. A questão não é a extensão desse instante, mas como cada espécie o utiliza. A raça humana adquiriu um conhecimento incrível, sua jornada tem sido espetacular, mas o Homem ainda não descobriu o que está fazendo na face da Terra. Falta-lhe propósito. Não importa quanto tempo existirão os seres humanos, mas que significado isso terá em seu processo de evolução rumo a existências mais refinadas.

Jeremias ouvia atentamente, impressionado com a abrangência do conhecimento daquela figura intrigante.

– Venho aqui há muito tempo – continuou o velho. – Posso dizer que refleti e debati bastante sobre as mais variadas questões. Posso responder-lhe sobre o caráter e sobre o tempo. Posso dizer que a cadeia de eventos deflagrada pelo Homem não pode ser detida. Mas posso afirmar que o Homem não condenará a natureza.

– Se fiz algo muito ruim, maculei minha energia para sempre?

– "Para sempre" é apenas certa quantidade de "instantes". Tendo feito algo que reconhece ruim, e estando a sofrer por isso, então sua dor purificará sua energia.

– O quanto isso pode ser reconfortante?

– Apenas você pode determinar isso. Tudo são conjecturas. Ninguém é dono da verdade.

Jeremias começou a comer e, por um instante, absorveu-se com o mastigar do pedaço de pão que pegara. Ao olhar ao seu redor novamente, o velho se tinha ido.

Mentalmente exausto, retirou-se para seu cômodo e tentou dormir.

ENGODO

Um terremoto abriu uma fenda no chão de uma aldeia, e um grande monte de arroz, cozido e preparado como alimento, caiu no buraco. Ao redor dele ficaram muitos homens famintos. Sem conseguir se aproximar do arroz, fizeram longos palitos de alguns metros de comprimento. Conseguiram pegar o arroz, mas não conseguiam levá-lo à própria boca porque os palitos eram muito longos. E assim passavam fome diante da fartura.

Noutra aldeia próxima, o terremoto também abriu uma fenda no chão, e também o grande monte de arroz, cozido e preparado como alimento, caiu no buraco. Ao redor dele também ficaram muitos homens famintos. Sem conseguir se aproximar do arroz, também fizeram longos palitos de alguns metros de comprimento. Conseguiram pegar o arroz, mas como não conseguiam levá-lo à própria boca, porque os palitos eram muito longos, levaram-no à boca uns dos outros. E a fome foi saciada.

Jeremias acordou com o ancião sentado ao pé de seu leito, olhando-o com complacência.

– Sono agitado? – perguntou a figura paternal, ajeitando-se no mirrado colchão de palha.

– Sonhos são presságios? – replicou Jeremias automaticamente, meio atordoado, sem pensar.

– Talvez.

Jeremias elevou o corpo e ajeitou as costas na fria parede de pedra da fortaleza. Narrou em detalhes o sonho que acabara de ter.

– O que você entendeu? – perguntou o velho.

– Acho que tem a ver com egoísmo e solidariedade. Os que pensaram em alimentar a si próprios passaram fome. Os que pensaram em alimentar uns aos outros resolveram o problema. Se eu fosse religioso diria que é uma metáfora para o inferno, no primeiro cenário, e o céu, no segundo cenário. Interpretei corretamente?

– É uma boa interpretação. Sensata, eu diria. Mas há outra forma de ver. Ambos os cenários são metáforas para uma só coisa: o inferno – decretou o sábio.

– Não entendi. Como um cenário solidário pode ser o inferno?

– Estou certo de que já ouviu que "de boas intenções o inferno está cheio". No primeiro cenário há abundância, mas não se consegue acessá-la; isso se chama privação; no segundo cenário, as pessoas têm que esperar que outros lhes deem comida. Isso se chama dependência. O inferno pode ser muitas, muitas coisas.

As palavras do velho ricochetearam nas palavras de Elton dentro da cabeça de Jeremias, fazendo-o duvidar de sua própria capacidade de julgamento.

– Alguns pesquisadores subindo uma montanha nos Andes – continuou o velho –, faziam relatórios detalhados da flora e da fauna local, à medida que a altitude ia ficando mais alta e o ar mais rarefeito. Quanto mais subiam, mais extremo era o ambiente e mais endêmicas eram as espécies. E mais difícil era a sobrevivência. Quando chegaram ao cume, no entanto, encontraram duas espécies diferentes de plantas em uma relação simbiótica extrema, ou seja, uma dependia da outra para sobreviver. Imediatamente apressaram-se a divulgar a notícia de que a solidariedade impera em ambientes extremos. Você concorda?

– Eu não sei, eu estou confuso...

– Não é difícil distorcer as coisas. Vou provar-lhe. Se ao invés de começar seus estudos pela base da montanha, tivessem começado pelo cume, primeiro veriam a "solidariedade" no ambiente mais inóspito, e, à medida que fossem descendo, perceberiam que, não precisando mais uns dos outros, os seres vivos simplesmente iam tornando-se cada vez mais competitivos e egoístas. O relatório final teria tido outro enfoque. Ao invés de dizer que as criaturas se ajudam quando as coisas ficam difíceis, eles diriam que SÓ quando as coisas ficam difíceis é que as criaturas se ajudam.

 – Eu não sei mais o que pensar. Tirei a vida de uma pessoa para que o rumo da História mudasse, e agora não tenho mais certeza da interpretação que tive do sonho que considerei premonitório.

 – Quer compartilhar esse sonho comigo?

 – Sonhei com o assassinato do presidente John Kennedy em Dallas. Quando o atirador foi esconder o rifle no depósito, ele olhou para a janela; o reflexo no vidro não era do Lee Harvey Oswald; era MEU!

♫ *People like you find it easy,*

naked to see, walking on air.

Hunting by the rivers, through the streets, every corner

abandoned too soon. Set down with due care.

Don't walk away in silence. Don't walk away.[16] ♫

---

[16] *Pessoas como você acham fácil, nuas de ver, andando no ar. Caçando pelos rios, pelas ruas, cada canto abandonado cedo demais. Acomode-se com o devido cuidado. Não se afaste em silêncio. Não se afaste.*

CAPÍTULO XV

Às 19 horas formou-se a cadeia nacional de televisão para o pronunciamento do Excelentíssimo Senhor Presidente da República. Tomando assento na colonial escrivaninha Joaquina do gabinete da Presidência, Elton iniciou seu comunicado:

– Boa noite senhoras e senhores. A nação confiou-me a tarefa de governar de forma a promover o bem-estar de todos. Conforme prometido em campanha, apresento meu projeto de construção de uma sociedade digna e estabeleço o dia de hoje como linha de corte, a partir do qual, nos próximos trinta anos, serão feitas as fundações que suportarão nosso país nos séculos vindouros, e cujo título é, em si, também um princípio.

---

[17] *Imagine nenhuma posse. Eu me pergunto se você consegue. Sem necessidade de ganância ou fome, uma irmandade de Homens. Imagine todas as pessoas, compartilhando todo o mundo.*

"TORNAI AZUL TODO SANGUE VERMELHO"

Tomando um gole d'água, o presidente levantou-se de sua elegante mesa, posicionou-se de pé ao lado de um grande painel e iniciou sua explanação:

– Notem que meu lema, ao contrário dos que almejam deitar todos ao nível do chão, visa levantar todos ao nível dos olhos, para que olhem o mundo de frente e não mais com a cabeça baixa. "Tornai AZUL todo sangue vermelho". O sangue azul aqui é sinônimo de DIGNIDADE, não de aristocracia; e para uma pessoa existir de forma digna, ela não pode depender de caridade. O Estado cuidará para que a sociedade seja a tutora dessa pessoa pelo tempo que ela precisar para se estabelecer por conta própria. Mas esse Estado será apenas um aparelho mediador, pois tudo está baseado num sistema de contrapartidas. Ninguém poderá alegar, no futuro, que não teve oportunidades para se desenvolver.

"Por que nossa sociedade arrecada um montante e limita-se a esse valor para satisfazer suas necessidades? Precisamos de mil hospitais, mas com o dinheiro que temos só dá pra fazer cem. Ora, governos não podem gastar ilimitadamente. Verdade. E governos gastam mal. Verdade. E a corrupção e o superfaturamento corroem todo e qualquer investimento. Verdade. E governos são verdadeiros mamutes, lerdos, pesados, comem quase tudo que arrecadam e evacuam no povo seu serviço ruim. Verdade também.

"Em qualquer condomínio, os proprietários são chamados a pagar as despesas necessárias ao funcionamento da estrutura na proporção do metro quadrado que possuem. É uma regra clara, conhecida e equânime, informada a todo condômino por ocasião da aquisição do imóvel. Nenhum proprietário pode deixar de pagar sua cota sob pena de perder seu imóvel, porque as despesas são AS DESPESAS, elas são inexoráveis, o condomínio não funciona corretamente se elas não são satisfeitas. Porém, se numa assembleia um proprietário de cobertura – que possui o dobro da área de um apartamento comum –, recusar-se a pagar sua cota em dobro, alegando que não utiliza a estrutura do prédio em dobro, estará aberto o precedente para que proprietários de apartamentos no térreo aleguem que suas cotas devem ser menores porque não usam os elevadores; e um casal de idosos sem filhos que more no primeiro andar poderá alegar, então, que não usa a piscina, nem a quadra de esporte, nem o *playgroud*, e por isso também deve pagar menos. O resultado disso? Um condomínio sem manutenção adequada e, principalmente, desarmônico. Um lugar ruim para se viver.

"O que acontece neste exemplo apenas espelha a natureza humana, meus amigos. A natureza humana... Ora, o proprietário do apartamento de cobertura é, evidentemente, uma pessoa de posses. Ao pleitear redução do valor de sua cota condominial através de um artifício – já que a regra à qual aderiu era clara –, e consequentemente onerar os demais, provocou uma imediata e instintiva reação "antiespertalhão", já que todos se sentiriam otários se o favorecessem. Nossa sociedade está cheia de espertalhões, e ninguém gosta de se sentir lesado.

"Alguns dirão que nossa Constituição já é um plano, e que sempre elegemos pessoas para aplicá-la. Ledo engano. Vou demostrar a diferença: *Art. 205. A educação, direito de todos e dever do Estado e da família, será promovida e incentivada com a colaboração da sociedade, visando ao pleno desenvolvimento da pessoa, seu preparo para o exercício da cidadania e sua qualificação para o trabalho.* Notem que isso não é um plano, é um monte de blá, blá, blá... É justamente aí que nossos políticos de rapina se fartam. Se a educação é um DEVER do Estado, e você não encontra vaga na rede de ensino pública, você pode frequentar uma escola particular e mandar a conta para a Secretaria da Educação pagar? Pelo que está escrito aí, deveria poder. Mas tente fazer isso e você verá nosso medonho sistema judiciário embolar a interpretação claríssima do texto e te devolver um grande SINTO MUITO. Senhoras e senhores, VESTIBULAR NÃO DEVERIA EXISTIR, é uma anomalia. Quando um aluno atinge determinada faixa etária deve se matricular no curso apropriado e pronto. O mesmo vale para a saúde. Chegou num hospital, pronto-socorro ou posto, é atendido e pronto, como diz o personagem do Denzel Washington no filme "Um Ato de Coragem": simples assim.

"É pra ser simples assim... As pessoas dirão: "num mundo ideal, seria assim, mas não vivemos num mundo ideal". Discordo. Vivemos no melhor momento da raça humana, temos TUDO para tornar este, o MUNDO IDEAL. E começará assim:

"A iniciativa privada, no sistema *"built to suit"*, ou "construir para servir", edificará, em número proporcional a cada densidade demográfica, TODA a infraestrutura necessária para ELIMINAR de nossa sociedade, em todos os municípios, sem exceção:

– a ignorância, através de unidades educacionais de período integral, cujo projeto–padrão satisfará ao amparo, formação e desenvolvimento de crianças de zero a dezoito anos; subsequentemente, tantas faculdades/universidades quantas forem necessárias para atender aos egressos dessas unidades;

– a doença, através de unidades de saúde em todos os seus graus de atendimento; estrutura de coleta e tratamento de esgoto e de água;

– a necessidade e o abandono, através de unidades de amparo integral à segurança alimentar, ao abrigo e a desintoxicação;

– e o ócio, através do treinamento e da ocupação remunerada de pessoas encarceradas ou em situação vulnerável, principalmente em unidades de reciclagem de resíduos em todos os bairros.

"Conforme forem sendo construídas e entregues, o Estado assumirá tais unidades em locação permanente e RATEARÁ proporcionalmente as despesas de funcionamento das estruturas entre as pessoas físicas com patrimônio condizente. Os pagamentos feitos por tais contribuintes constituirão direito a ser por eles resgatado após o prazo de 30 anos do plano, de modo que serão ressarcidos com o superávit das contas públicas que se verificará então.

"O Capital Especulativo, entidade rançosa, onipresente e furtiva que impregna nossa atmosfera, poderá satisfazer seu apetite de lucros fáceis com os gráficos que minha equipe preparou para demonstrar a viabilidade do projeto. Senhoras e senhores, a *"mão invisível"* do Adam Smith, que ironicamente sempre segurou os mercados apoiando-se nas cabeças dos governados, está acenando um "adeus". Os mercados são como crianças levadas; controlá-los seria desgastante e improdutivo. Mas devem ser vigiados, senão fazem besteira.

"Este Plano Mestre funcionará como um projeto à margem das instituições e normas existentes, que em nada serão alteradas, se se abstiverem.

"Um país não pode funcionar se seu corpo se compuser de membros com vontade própria. Uma perna não pode querer andar enquanto a outra pretender ficar parada. Assim, a Federação obedecerá a este Plano Mestre, onde as esferas Estaduais e Municipais irão gerir suas competências sob a administração da esfera Federal.

"A implantação do meu plano será autocrática, não há espaço para "achismos".

"CUMPRA–SE.

"Boa noite a todos."

♫ *You may say I'm a dreamer,*

but I'm not the only one.

I hope someday you'll join us,

and the world will live as one.[18] ♫

---

[18] *Você pode dizer que eu sou um sonhador, mas eu não sou o único. Eu espero que algum dia você se junte a nós, e o mundo viverá como um só.*

CAPÍTULO XVI

> ♫ *Imagine there's no countries,*
>
> *It isn't hard to do*
>
> *Nothing to kill or die for.*
>
> *And no religion too. Imagine all the people,*
>
> *living life in peace.*[19] ♫

Os generais, tensos, deixaram a sala de reuniões. As ações que estavam prestes a por em prática eram, historicamente, um desastre. Mas havia tanta verdade nas palavras ditas que suas fardas ornamentadas enrubesceram de vergonha. Elton provocara os brios de gente briosa. Não era o caso de apenas um bom argumento. Era todo um princípio novo, e não funcionaria fracionado.

Elton não iria reformar o Estado.

Iria demoli-lo.

O vice-presidente Aurélio chegou à casa do governo preocupadíssimo com o grau de fervura social.

Temia uma ebulição catastrófica.

---

[19] *Imagine que não há países, não é difícil. Nada pelo que matar ou morrer. E nenhuma religião também. Imagine todas as pessoas, vivendo a vida em paz.*

– Elton, o que está fazendo? A estratégia era submetermos o plano à sociedade; só depois de aprovado o texto com as emendas é que o promulgaríamos!

– Não tenho tempo para emendas Aurélio. Chega de enrolação! – irritou-se o presidente.

– Mas assim vai haver uma convulsão social! As instituições vão pedir a sua cabeça! – dramatizou o (agora) ex-mentor, vermelho como um peru.

– Estou fechando as instituições; congresso, senado e tribunais superiores. Só haverá primeira e segunda instância; não haverá mais tribunais especiais, nem justiça disso e daquilo; só haverá UMA Justiça. Não haverá mais foros privilegiados, e nem mesmo imunidades. Usaremos poucas e boas leis. Nem a iniciativa privada e nem a Justiça têm que ter função social a cumprir. Isso é encargo de um ESTADO GESTOR.

"A primeira premissa da justiça será a tempestividade. O *"ordenamento jurídico em vigor, que negligencia a realidade concreta dos cidadãos para privilegiar a formulação de arranjos institucionais"* – só para parafrasear o Amartya Sen –, está banido, junto com a corja de serventuários, advogados e juízes que parasitam o corpo pútrido e fétido da fábrica de aberrações jurídicas que se tornou nosso torto Direito!"

Apoiando-se na escrivaninha, Elton exasperou: – Roma que se dane!

O horror costurou-se na gorda cara do vice-presidente, que se jogou na poltrona colonial do gabinete presidencial.

Acometido de súbita hiperidrose, suando em bicas, incorporou o arauto do mau agouro:

– Homem, vamos ser depostos... – escorreu o peru para o chão, sentando-se como uma criança pronta para fazer birra.

– Talvez. Mas a população está comigo.

– Que se dane a população! Quem tem que estar conosco são os milit...

– Os tanques também estão comigo – cortou Elton, estendendo a mão para levantar o menino birrento do assoalho de madeira.

– Como? Como fez isso? Como os convenceu a embarcar nessa loucura? O que disse a eles? Que diabo de estorinha você inventou para que te seguissem tão cegamente? – ralhou Aurélio, pondo-se de pé desajeitadamente.

– Expliquei a eles, claramente, onde a democracia atual nos levará.

– E onde é que ela nos levará Elton? Você está me traindo! Apoiei você, apoio as mudanças, mas não desse jeito! – grugulejou o peru, mais vermelho ainda.

– Ao túmulo, meu amigo. A democracia nos levará à morte.

Diante do olhar perplexo de seu vice, Elton contornou a escrivaninha Joaquina, sentou-se pesadamente em sua cadeira e pôs-se a repetir o que dissera aos homens-ordem-e-progresso:

– Aurélio, há quanto tempo o mundo discute os mesmos problemas? Neste sistema dito "democrático" – fez questão de emoldurar as aspas com os dedos –, o governo eleito passa seu primeiro ano tentando limpar a casa da sujeira deixada pelo inquilino anterior; passa seu segundo ano apresentando propostas e tentando convencer cada bancada de cada setor da sociedade a conceder algo para beneficiar o todo; passa seu terceiro ano refazendo suas propostas para ajeitar os interesses das bancadas mais irredutíveis - em geral as mais poderosas; e, em seu quarto e último ano, quando enfim poderia por em prática os miúdos que conseguiu, tem que se envolver na luta para se reeleger, ou o próximo pateta reiniciará o ciclo, e NADA MUDARÁ.

"A democracia é um sistema que impede a implantação de projetos de longo prazo, porque tudo gira em torno da próxima eleição! Ninguém assume o custo político de algo que tem que ser pago AGORA para ser usufruído num futuro longínquo. O planeta não aguenta mais. Eu tive um sonho, amigo, e entendi seu significado."

Narrou a bola sete Ceres atingindo a bola oito Lua e encaçapando a bola branca Terra.

– Isso mudou toda minha estratégia. Eu sou o Salvador, entendeu? O SALVADOR! Não há mais tempo para consultas, opiniões, palpites, réplicas, tréplicas ou o que seja.

– Não sei quem matou o Matias, mas fui EU que garanti sua eleição, Elton! Fui eu quem jogou na imprensa as fotos de Eve com seu cirurgião plástico. Fui EU quem desviou a atenção de você! Os fins justificam os meios, não é mesmo? E você... você se tornou... um...

– Chame de ditador, se quiser. Antes uma ditadura íntegra que uma democracia podre! E SIM, OS FINS JUSTIFICAM OS MEIOS!

– SACRILÉGIO! Você não está se ouvindo! NÃO EXISTEM DITADURAS ÍNTEGRAS!

Aurélio desmanchou-se no chão com as duas mãos segurando o peito.

– Você... você me traiu...

– *"Nenhuma forma de governo que exclua a ditadura pode sobreviver quando a vida da nação está em jogo"*. Rossiter. Ditadura Constitucional, Aurélio. Você tem que se atualizar. E é assim que eu entregarei ao povo uma inédita HIPERDEMOCRACIA.

Sem alarde, Elton interfonou para Alice e pediu que chamasse uma ambulância. Por precaução...

Conhecia Aurélio.

Era compadre de seu pai.

Era seu padrinho.

Era confiável (numa circunstância normal).

Não tinha tanta certeza se seria realmente seu amigo naquele contexto.

Mas sabia, sem sombra de dúvida, o que o definia: era um político profissional.

Dissimulado.

Gelatinoso.

E sempre teatral.

♫ *You may say I'm a dreamer,*

but I'm not the only one.

I hope someday you'll join us,

and the world will be as one [20] ♫

---

[20] *Você pode dizer que eu sou um sonhador, mas eu não sou o único. Eu espero que algum dia você se junte a nós, e o mundo será como um só.*

CAPÍTULO XVII

"Nenhum sacrifício pela nossa
democracia é demasiado grande,
menos ainda o sacrifício temporário
da própria democracia."

Clinton Rossiter

Alberto Costa olhava encucado para a estátua do Monumento ao Combatente, na praça defronte ao Teatro Municipal.

O soldado aponta para o teatro... O ângulo parece perfeito... Perfeito até demais... Quase como se esse milico

de bronze estivesse posicionado para atirar em alguém no centro da esplanada... Mas isso seria impossível...

O jornalista vagava pelo local da morte de Matias a esmo. Procurava não sabia o quê. Sentia que havia algo errado no ar.

A manchete do jornal amassado em sua mão esquerda o afligia.

ELTON DECLARA ESTADO DE EXCEÇÃO E COLOCA TANQUES NAS RUAS

♫ Imagine there's no heaven.

It's easy if you try.

No hell below us;

above us, only sky.

Imagine all the people,

living for today.[21] ♫

---

[21] *Imagine que não há paraíso. É fácil se você tentar. Nenhum inferno abaixo de nós; sobre nós, somente o céu. Imagine todas as pessoas, vivendo o presente.*

CAPÍTULO XVIII

♫ *And the children of Melrose strut their stuff*

Is absolute zero cold enough

And out in the valley, warm and clean,

the little ones sit by their tv screen

No thoughts to think, no tears to cry

All sucked dry,

down to the very last breathe.[22] ♫

– Achou que, num sonho, ver–se no lugar do assassino de um político importante era um sinal de predestinação?

Jeremias não gostou do tom da pergunta do ancião. Parecia que ele estava inclinado à reprovação do juízo que fizera da situação.

– Saiba que refleti muito antes de tomar a decisão que tomei. Levei meu corpo a um limite extremo, para que minha consciência pudesse emergir da anestesia em que se encontrava – disse, justificando–se prematuramente.

---

[22] *E as crianças de Melrose se exibem pomposamente. O zero absoluto é frio o suficiente. E fora do vale, quentes e limpos, os pequenos sentam diante de suas tvs. Sem pensamentos para pensar, sem lágrimas para chorar. Todas sugadas secas, até o último suspiro.*

A figura de olhos caídos dentro das órbitas ponderou por um instante. Perguntou pausadamente, sem fitar o neófito:

– Por que achou que castigar seu corpo iria lhe trazer clareza de pensamento?

Novamente o tom da pergunta pareceu tendencioso, e Jeremias começou a temer o rumo da conversa. Percebendo o constrangimento de seu interlocutor, o ancião emendou uma pergunta mais objetiva, mas não menos pontuda:

– Alimentou-se o suficiente durante o período de sua reflexão?

– Lebres... LEBRES! Lá só havia essas porras de lebres! Mesmo comendo-as eu sentia fome. Muita fome! Percebi que não eram suficientes. Por que não me satisfaziam? – despejou Jeremias.

– A carne de leporídeos é pobre. Pode empanturrar-se deles, mas sem gordura nela para conversão em calor, seu organismo rapidamente queimará a reserva corporal. E ao ingerir só proteína seu fígado produzirá muitas substâncias que precisarão ser processadas e eliminadas. A intoxicação por excesso dessas substâncias na corrente sanguínea é mortal. É a *"rabbit starvation"*. Inanição do coelho – explicou o velho-que-parecia-tudo-saber.

Matéria reclama matéria. Jeremias lembrou-se do *insight* que tivera na tundra branca.

– Então – retomou o ancião –, as privações o despertaram?

– Eu tinha uma decisão a tomar. E tinha que ser através do meu livre-arbítrio.

– E onde fica esse seu "livre-arbítrio"? É algo externo ao seu corpo? Fica flutuando ao seu redor?

O olhar de Jeremias fuzilou o rosto murcho do esquivo e enigmático abade.

– Diga logo qual é o ponto, ó "mestre".

A mortiça figura respondeu, contraindo o risco dos lábios:

– Como eu disse, a consciência é a coletividade dos seus pensamentos, é a energia reunida pela matéria. E a matéria, por enquanto, é seu corpo. Se maltratá-lo, se não o prover adequadamente, ele não produzirá pensamentos claros, lúcidos. Basta a carência de alguns aminoácidos no seu organismo para que você alucine completamente, para que você deixe de raciocinar direito. Seu livre-arbítrio não é tão livre assim. É uma ilusão. Você é, enquanto homem, escravo das interações químicas do seu corpo. Seu humor é químico. Seu amor também é. Sua bondade e sua maldade. E até seu altruísmo. Se tivesse um rifle, você teria matado o urso...

Ao ouvi-lo mencionar o pensamento que tivera na margem do lago próximo à cabana, Jeremias estarreceu. Arrepiou-se inteiro, desencostou da parede, pulou do mirrado colchão de palha e encarou com terror o ancião.

– O que foi que disse? Como... como pode saber disso?

– Talvez você pense alto demais...

Jeremias deu duas voltas em círculo no frio cômodo de pedra – *não é possível, não é possível* –, esfregando as palmas das mãos abertas nos olhos fechados. Quando parou e olhou ao seu redor, estava sozinho. Correu desesperado para o largo corredor da fortaleza medieval e agarrou pela túnica esfarrapada o primeiro ermitão que viu.

– Onde está o velho? – perguntou aflito.

– Qual deles, amigo? Aqui há muitos velhos – respondeu impassível o interno.

– O ANCIÃO DE OLHOS FUNDOS! – berrou Jeremias descontrolado. – Você já me viu conversando com ele!

A figura olhou misericordiosamente para aquele homem trincado, escolheu com cuidado suas palavras, e tirou o chão do pobre diabo:

– Eu lamento dizer-lhe isto... Você tem falado sozinho desde que chegou nesta colônia. Todos nós estivemos esperando você sair do delírio em que estava, pois você chegou muito traumatizado. Aceitaria nossa ajuda?

Em colapso, caíram no buraco escuro e sem fundo que se abriu sob os pés de Jeremias: seu corpo; sua mente; e seu livre-arbítrio.

♫ *We watched a tragedy unfold.*

We did as we were told,

we bought and sold.

It was the greatest show on Earth!

But then, it was over.[23] ♫

---

[23] *Nós assistimos a uma tragédia se desenrolar. Fizemos como nos foi dito, nós compramos e vendemos. Foi o maior show da Terra! Mas então, acabou.*

CAPÍTULO XIX

♫ *We ohhed and awed*

We drove our racing cars

We ate our last few jars of caviar

And somewhere

out there in the stars,

a keen eyed look out spied a flickering light:

our last "hurrah!"[24] ♫

Mergulhando num nada infindável de espaço, tempo, luz e sensações, Jeremias entrou em suspensão.

Um coma sem lesão, que durou dias.

Lentamente, uma pequena vibração, uma tênue pressão na (in)substância que o envolvia começou a tomar forma, adquirindo contornos, sombras e cores.

Um sonho emergiu das profundezas de seu inconsciente.

Outra premonição?

---

[24] *Nós festejamos e comemoramos. Nós dirigimos nossos carros de corrida. Nós comemos nossos últimos poucos potes de caviar. E em algum lugar lá fora, nas estrelas, um olhar atento espiou uma luz cintilante: nosso último "viva"!*

INEXORÁVEL

Uma gigantesca espaçonave levitava silenciosamente sobre o que pareciam ser, aos olhos dos seres de silício que a conduziam, estruturas aparentemente intactas de uma civilização. Tecnológica, sem dúvida, mas estranhamente... ausente.

À medida que os campos de raios eletromagnéticos do disco varriam a superfície das habitações em seu perímetro, um padrão ia surgindo no banco de dados dos exobiólogos intergalácticos.

Reagindo à radiação ultravioleta da espectrofotometria dos ETs, elétrons excitados revelavam nitreto de gálio em dispositivos eletrônicos, e esquisitos borrões diante de suas telas – traços de seres de carbono desintegra-

*dos por múons cósmicos, gerados na energia explosiva da
colisão de duas estrelas de nêutrons na vizinhança.*

Jeremias abriu os olhos.

E chorou.

♫ *And when they found our shadows*
(E quando eles encontraram nossas sombras)

Grouped round the tv sets
(Agrupados em volta dos aparelhos de TV)

They ran down every lead
(Eles percorreram cada pista)

They repeated every test
(Eles repetiram cada teste)

They checked out all the data on their list
(Eles verificaram todos os dados em sua lista)

And then the alien anthropologist
(E então o antropólogo alienígena)

Admitted they were still perplexed
(Admitiu que eles ainda estavam perplexos)

But on eliminating every other reason
(Mas ao eliminar todas as outras razões)

For our sad demise
(Para o nosso triste fim)

They logged the only explanation left:
(Eles registraram a única explicação que restou:)

this species has amused itself to death.
(esta espécie se entreteve até a morte.)

No tears to cry, no feelings left
(Sem lágrimas para chorar, sem mais sentimentos)

The species has amused itself to death
(A espécie se entreteve até a morte)

Amused itself to death... ♫
(Se entreteve até a morte...)

CAPÍTULO XX

♫ *Come out come out*

No use in hiding

Come now come now

Can you not see?

There's no place here

What were you expecting?

Not room for both,

just room for me

So you will lay your arms down

Yes I will call this home[25] ♫

A delegada Suzana juntou as mãos em seus longos cabelos castanhos, fez um rabo de cavalo apressado, ajeitou-se em sua cadeira *officer*, inclinou-se para frente e, impondo seu cargo sobre sua beleza, desacreditou:

– Como é que é?! Repete, por favor!

– Eu matei Matias Cliff.

---

[25] *Saia, saia. Não adianta se esconder. Venha agora, venha agora. Não consegue ver? Não há lugar aqui. O que você esperava? Não há lugar para dois, apenas lugar para mim. Então você pode baixar suas armas. Sim, chamarei isso aqui de lar.*

O maltrapilho à sua frente a olhava com os olhos dos loucos, mas falava com a certeza dos culpados. Suzana sentiu que tinha que considerar.

– Onde você estava? No prédio detrás da estátua do Monumento ao Combatente? São quase trezentos metros... É um tiro e tanto...

– Eu estava no terceiro andar de um prédio na avenida central, na sacada.

– Não condiz com a trajetória da bala. Não poderia ter atirado dali.

– Não atirei.

Suzana jogou-se para trás na cadeira.

– Não? Quem atirou então?

– A estátua na praça. O soldado do Monumento ao Combatente.

A delegada pediu educadamente licença ao maluco à sua frente, levantou, contornou sua mesa e dirigiu-se à pequena copa anexa à sua sala, fazendo um discreto sinal com a cabeça para que o investigador Josias – que a estava assessorando no caso – a seguisse.

– É um biruta, Josias, não tenho dúvida – cochichou Suzana.

– Talvez, Dona Suzana. Mas a balística apontou que a bala veio da direção do Monumento na praça. É claro que fomos averiguar os apartamentos do prédio detrás, né?

– Chame alguém da perícia e vá até a estátua. Eu vou deter a figura numa cela até você investigar essa história...

♫ *Away away, you have been banished*

Your land is gone, and given me

And here I will spread my wings

Yes, I will call this home

What's this you say?

You feel a right to remain?

Then stay, and I will bury you

What's that you say?

Your father's spirit still lives in this place?

I will silence you.[26] ♫

---

[26] *Para longe, para longe, você foi banido. Sua terra se foi, e foi dada para mim. E aqui vou abrir minhas asas. Sim, chamarei isso aqui de lar. O que você diz? Você acha que tem direito de ficar? Então fique, e vou te enterrar. O que você diz? O espírito do seu pai ainda vive nesse lugar? Vou te silenciar.*

CAPÍTULO XXI

♫ Here's the hitch, your horse is leaving

Don't miss your boat, It's leaving now

And as you go, I will spread my wings

Yes, I will call this home. I have no time to justify to you

Fool, you're blind, move aside for me

All I can say to you, my new neighbor,

Is you must move on, or I will bury you.[27] ♫

As manchetes extrapolavam os jornais e corneteavam em todo e qualquer ouvido disponível.

ASSASSINO DE MATIAS CLIFF SE ENTREGA

Suzana aproveitava a generosa brisa que passava pela fachada da delegacia para falar à imprensa, com seus fartos cabelos castanhos esvoaçando para as câmeras, como a *Wonder Woman*:

---

[27] *Aqui estão as rédeas, seu cavalo está indo embora. Não perca seu barco, ele está partindo agora. E enquanto você vai, vou abrindo minhas asas. Sim, vou chamar isso aqui de lar. Não tenho tempo para te dar justificativas. Idiota, você é cego, se afaste de mim. Tudo que posso te dizer, meu novo vizinho, é que você deve se mudar, ou vou enterrá-lo.*

– Nós divulgaremos um boletim logo mais, com todos os detalhes. Por enquanto, posso adiantar que o assassino agiu sozinho e que confirmamos tudo o que foi confessado. Ele inseriu uma arma customizada na estátua do Monumento ao Combatente, na praça defronte ao Teatro Municipal, mais especificamente no cano da bazuca segurada pelo soldado, cujo alinhamento com o centro da esplanada era questão de pequenos ajustes. Como a vítima era metódica e obcecada por simetria, e sendo esse comportamento "obsessivo compulsivo" público e notório, o assassino valeu-se disso e montou um mecanismo de disparo por célula fotoelétrica. Matias foi morto por suas neuroses; e pelo sol – dramatizou a estrela sob os holofotes.

– Delegada, isso... isso é meio absurdo, não acha? – inquiriu o jornalista Alberto Costa, sempre o primeiro a polemizar. – E se o Matias tivesse se atrasado? E se não tivessem colocado seu palanque exatamente no centro da esplanada? E se não tivesse feito sol naquele dia?

– É claro que questionamos tudo isso. E a resposta dele nos desconcertou a todos.

A almôndega humana que se acotovelava a frente da beldade com distintivo quase se desmanchou em empurrões e gritos:

– O que ele disse? O quê? O quê?

– SE – Suzana passou a vista na multidão de repórteres em suspensão. – Repito: SE a morte de Matias fosse determinante para o futuro do planeta, então o palanque estaria no centro da esplanada; ele estaria posicionado no palanque exatamente às 08h00min; e às 08h05min, o sol alcançaria o soldado de bronze. Foram estas as palavras do assassino.

– Ele pôs a vida de um homem nas mãos do ACASO? – indignou-se Alberto.

– Não. Do acaso, não. Ele disse que não teria coragem de atirar, então, deixou – abre aspas – "nas mãos do universo" – esclareceu (complicou?).

– Mas ele teve sucesso! Por que diabos ele se entregou, então? – Alberto, de novo.

Suzana hesitou, como que tentando ela mesma compreender.

– Ao que parece, ele deixou de acreditar que é possível – abre aspas de novo – "nos salvar". Acha que seu ato foi inútil e não está aguentando sua consciência pesada. Ele é um ambientalista. Seu nome é Jeremias – encerrou a delegada.

AMBIENTALISTA RADICAL MATOU MATIAS

Com a foto de Jeremias na primeira página do jornal em suas mãos, Elton olhava para a figura murcha à sua frente; toco de vela se extinguindo; tronco de árvore rachado; leito de rio seco. Homem destruído.

– Jê... O que você fez Jê?

– O que tinha que ser feito, amigo. Não havia outro jeito. Você ia perder.

– Não sabíamos. Quem pode dizer o que teria sido?

– Eu não podia arriscar. Os fins justificam os meios, não é?

Elton não respondeu. Manteve a cabeça baixa, olhando para o chão. Jeremias continuou, sem qualquer emoção na voz; ou na pele; ou nos olhos.

– E você, Elton... o que foi que você fez?

– Os fins, Jê. Os meios, os fins...

– Os tanques estão nas ruas, Elton. Você deu um golp...

– EU FUI ELEITO!

– Não para isso.

– Não há outro jeito. O tempo me redimirá. Eu estou criando um sistema informatizado de gestão da sociedade por interação direta. Cada indivíduo participará de cada questão envolvendo a sua comunidade. Eu estou depondo a puta democrática para estabelecer uma hiperdemocracia, uma dama, cujo vestido não arrastará na lama! Chega de quimeras. Hobbes, nem ninguém mais, tinham as ferramentas de hoje. Eu tornarei o povo o verdadeiro Leviatã. Critique-me daqui a trinta anos, Jê.

– Não viverei para ver, amigo. Sei que você é sincero. Sei que acredita no que diz. Mas os maiores déspotas da humanidade também acreditavam no que diziam. O que eu fiz é imperdoável, mas eu o fiz por uma causa. Causa que agora me escapa.

– O que está feito, está feito. Eu vou provar que não foi em vão, amigo.

– Não acredito mais no Homem. O que fiz foi um erro. Minha mente está deteriorando, enlouquecendo. Crime e castigo. Devo expurgar o que fiz.

Contrariado, Elton fez sinal para que o agente penitenciário abrisse a cela e, com a conivência da delegada Suzana, sua partidária, saiu anônimo pelos fundos da delegacia...

Numa remota cabana, Jorge, Klaus, Minos e Marcos tentavam consolar Walter. A foto de Jeremias no jornal velava-os, impregnada na suja polpa-de-celulose-guardiã-da-liberdade-de-expressão.

– Eu o ensinei a montar armadilhas... Eu o ensinei a construir armas... Eu o ensinei como matar sem apertar o gatilho... De certa forma, eu também matei o Matias... – resignou-se o ex-SEAL.

– Não! – reagiu Marcos no ato. – Walter, não confunda as coisas. Desenvolvemos e compartilhamos nossas habilidades especiais com o propósito de combater o sistema. E foi exatamente isso que Jeremias fez. Levou nossa causa ao extremo.

– Eu disse a ele que deveríamos apoiar Elton com todas as nossas forças! EU INCITEI ISSO!

– Acho que não, Walter. Ele se isolou para tentar encontrar o papel dele no cenário, lembra-se? Ele fez o que fez porque concluiu que só assim as coisas mudariam de rumo – contemporizou Jorge.

A cabana sentiu o aumento da pressão na atmosfera, e as grossas vigas de madeira estalaram, como que se preparando para o que viria.

E o que viria seria muito pior.

♫ *Now, as I rest my feet by this fire,*

those hands once warmed here, I have retired them

I can breathe my own air. I can sleep more soundly

upon these poor souls. I'll build heaven and call it home,

'Cause you're all dead now.[28] ♫

---

[28] *Agora, enquanto descanso meus pés ao fogo, essas mãos que se esquentavam aqui, eu as "aposentei". Posso respirar meu próprio ar. Posso dormir mais profundamente sobre essas pobres almas. Construirei o Paraíso e vou chamá-lo de lar, pois vocês estão todos mortos agora.*

CAPÍTULO XXII

♫ *I live with my justice*
I live with my greedy need
I live with no mercy
I live with my frenzied feeding.[29] ♫

Alberto Costa encarava a fotografia à sua frente com cisma. Já vira aquele rosto antes, sabia disso. Tinha certeza. Jeremias não lhe era estranho.

Anos e mais anos de jornalismo investigativo servem para desenvolver um dom, uma espécie de superpoder; quase uma doença: hipertimesia.

Uma supermemória.

– Daniel! Por favor, venha cá – disse Alberto para o fotógrafo *freelancer* do jornal, que naquele momento filava um cafezinho na redação.

– Foi você quem cobriu a convenção do partido que escolheu o Elton como candidato à presidência, não foi?

– Fuieusimsenhor! – afobou-se o jovem. – Por quê?

---

[29] *Eu vivo com minha justiça. Eu vivo com minha ganância. Eu vivo sem piedade. Eu vivo com minha alimentação frenética.*

– Lembro que não compramos todas as suas fotos do evento no hotel. Você ainda tem as que descartamos?

– Claro! Posso ir buscá-las para o senhor.

– Faça isso, meu jovem. Faça isso. Eu espero...

Quando viu em suas mãos a foto de que se lembrava – e que à época lhe pareceu estranha, mas inocente –, com Elton abraçando um (na ocasião) barbudo garçom, próximo ao jardim do salão de eventos do hotel da convenção, Alberto fibrilou.

– Alô? Senhora Eve? Sim, sim... Eve. É Alberto Costa. Devo-lhe desculpas. Podemos nos encontrar?

VIÚVA DE MATIAS ACUSA:
ELTON FOI O MANDANTE DO CRIME

♫ *I live with my hatred. I live with my jealousy*

I live with the notion

that I don't need anyone but me.[30] ♫

---

[30] *Eu vivo com meu ódio. Eu vivo com meu ciúme. Eu vivo com a noção de que não preciso de mais ninguém além de mim.*

CAPÍTULO XXIII

♪

I could be wrong, I could be right

I could be black, I could be white

Your time has come, your second skin

The cost so high, the gain so low

Walk through the valley

The written word is a lie[31]

♪

– Disse que agiu sozinho. Como explica isso? – falou asperamente a delegada Suzana, jogando o jornal com a manchete bombástica na mesa da sala de interrogatório. Jeremias nem precisou ler a reportagem. A fotografia o congelou instantaneamente. Demorou uma eternidade para falar: – Elton é meu amigo de infância. Não significa que me dê ordens.

– VOCÊ O ENTERROU! – descontrolou-se Suzana. – ELTON ACABA DE RENUNCIAR PARA EVITAR UMA GUERRA CIVIL! TODO APOIO

---

[31] *Eu posso estar errado, eu posso estar certo. Eu posso ser preto, eu posso ser branco. Sua hora chegou, sua segunda pele. O custo tão alto, o lucro tão baixo. Ande através do vale. O que está escrito é uma mentira.*

QUE TINHA CAIU! NINGUÉM VAI ACREDITAR
NA SUA VERSÃO! – cuspiu a delegada. – DROGA,
ELE ERA DIFERENTE! VOCÊ FODEU COM TU-
DO!

– *Mea culpa* – bateu no peito com a mão direi-
ta fechada –; *mea culpa* – repetiu o gesto –; *mea maxi-
ma culpa!* – E, com força dobrada, tornou a bater no
peito, duas vezes seguidas. Jeremias não sabe por
que recorreu à oração católica. Mas *Confiteor* foi tudo o que lhe veio à boca.

– Josias, tira esse cara daqui, por favor! Leva
de volta pra cela.

♫ *I could be right, I could be wrong*

I could be white, I could be black

They put a hot wire to my head,

cos of the thing I did and said

And made these feelings go away

Model citizen in every way

May the road rise with you

Anger is an energy...[32] ♫

---

[32] *Eu posso estar certo, eu posso estar errado. Eu posso ser branco, eu
posso ser preto. Puseram um fio desencapado na minha cabeça, por
conta das coisas que eu fiz e disse. E fizeram essas sensações irem
embora. Um cidadão modelo em todos os aspectos. Que o caminho
cresça com você. A raiva é uma energia...*

<h1 style="text-align:center">CAPÍTULO XXIV</h1>

♪

Eu não estou interessado

Em nenhuma teoria

Em nenhuma fantasia,

nem no algo mais

Nem em tinta pro meu rosto

Ou oba oba, ou melodia

Para acompanhar bocejos,

sonhos matinais

♪

Sentado na cama de alvenaria, com a cabeça recostada na parede, Jeremias mantinha os olhos fechados, indiferente ao olhar cândido da Lua Cheia no perigeu, que parecia ter se aproximado da Terra só para espiá-lo através das grades da janela de sua minúscula cela.

Seu coração hesitava. Batia uma vez, relutava, batia de novo, e de novo relutava.

– Está desistindo de viver?

Ao ouvir a voz do ancião de órbitas fundas, abriu os olhos de súbito e ficou sem ar ao vê-lo ali, sentado ao seu lado no frio concreto do seu catre de criminoso. Quase teve uma parada cardíaca. A aparição apenas esperou tranquilamente que se recuperasse, para prosseguir com sua homilia metafísica.

– Não seja tão rigoroso consigo mesmo. O universo não aprecia o rigor.

Sem forças para lutar contra uma alucinação, Jeremias rendeu-se:

– O universo é sádico, velho. Ele se diverte com a confusão do mundo.

– Hihihihihi... – A boca murcha da entidade riu baixinho, e confessou: – Não, meu caro. O universo não é mau; nem bom. É apenas positivo e negativo. Assim como no tempo profundo, de bilhões de anos, incontáveis ciclos de vida vão e vêm, no incomensurável tamanho do universo este planeta simplesmente desaparece em sua insignificância. Não, não ache que o universo se ocupa dos assuntos da Terra. Na verdade, o universo não dá a mínima para este mundo. Ele apenas segue sua entropia; não gosta de ser regulado. As partículas de que é feito abominam sermões, e vão sempre preferir existir sem eira nem beira.

– Mas humanos precisam de regras para viver. Elton ia por ordem na bagunça. Eu cheguei a achar que estava sendo instrumento de uma força maior, que conduzia as coisas para a realização de um mundo melhor, mais equilibrado, menos injusto. Ironicamente, EU destruí a chance disso. O Bem não ajuda o Bem. Agora, o Mal? Ah! Este sim é eficiente; eficaz, profissional... Seja lá o que ele for... Meu último sonho congregou meus temores; nós vamos desaparecer, de um jeito ou de outro – lamentou Jeremias.

– Desaparecer? Hihihihihi...

Ao presenciar sua alucinação desdenhando de sua dor, Jeremias começou a se beliscar aflitivamente. *É um delírio! Tenho que recobrar minha consciência...* De repente, um cogumelo atômico surgiu no canto da cela, iluminou o pequeno cômodo e dissipou-se, assim, do nada. Imediatamente Jeremias parou de se flagelar e voltou seu olhar para o ancião, que agora estava sério.

– Trinity – disse o velho. – O primeiro teste de arma nuclear feito por humanos, em 1945. Foram milhares, desde então. Alterou a taxa de Carbono-14 nos organismos. Os volumes de água retirada dos aquíferos subterrâneos na Índia, e de concreto derramado em construções na China, estão provocando um deslocamento acelerado do eixo do planeta. No Havaí já é possível identificar um novo tipo de rocha: plástico solidificado.

"Estou falando de marcadores geológicos. A Era dos Humanos; o Antropoceno. No futuro, os pesquisadores a classificarão como a sexta extinção em massa no planeta Terra. A tundra ártica, onde você experimentou a vida bruta, onde foi testar seu "livre-arbítrio" – ironizou –, é uma bomba-relógio ambiental. O dióxido de carbono armazenado naquele solo é equivalente a dois terços da quantidade existente na atmosfera. Por isso os pesquisadores achavam que a tundra seria capaz de sequestrar todo excesso de CO_2. Mas num cenário de aquecimento global, a perda de carbono para a atmosfera pela tundra, na verdade, supera sua fixação. Tem algo a ver com os micróbios no solo... Quando lidam com os complexos ecossistemas terrestres, vocês não sabem de nada."

"Vocês"... Jeremias ouviu a palavra, mas não atinou...

– O que quer que eu compreenda? – indagou o detento, mentalmente exausto.

Um diamante do tamanho de uma bola de basquete surgiu flutuando na cela, resplandecente.

– Isto é carbono, num arranjo tetraédrico. Diamante, o mineral mais duro conhecido por vocês. No entanto, tire um átomo do arranjo e ele se tornará hexagonal, passando a ser apenas grafite, um dos minerais mais suaves que existem.

"Vocês" de novo. Desta vez não passou despercebido. Jeremias arrepiou-se inteiro e começou a especular quanto à natureza daquela "alucinação".

– Diamante e grafite, ambos surgem a partir de pressão e temperatura impostos sobre o carbono

– prosseguiu o velho. – Variações na pressão e na temperatura determinam este ou aquele arranjo. E resultam em translucidez ou opacidade. Uma estrutura alinhada em camadas é frágil, mas uma estrutura trançada é forte.

"Eu já lhe disse que toda energia é positiva e negativa, e que é a determinação do estado de sua energia, o objetivo de sua existência a cada instante. Também disse que não importa quanto tempo existirão os seres humanos, mas que significado esse tempo terá em seu processo de evolução rumo a existências mais refinadas. Sendo a consciência a energia produzida pela matéria, esta, submetida a diferentes pressões físicas e emocionais, resultará em aglomerados energéticos com diferentes arranjos estruturais, desde densos e opacos, a etéreos e translúcidos. É a "ordem espontânea" da matéria.

"Quando uma consciência estiver composta da dose correta de dor – chamemos de energia negativa –, e de amor – chamemos de energia positiva –, ela se agrupará num arranjo inquebrantável, capaz de atravessar a trama da membrana que separa esta das demais dimensões. É isso que quero que compreenda. As coisas são como elas são, para que esse processo se opere com cada ser vivo, num tempo infinito, no incomensurável universo."

A orgulhosa Superlua, com sua luz branca, invadiu o caixote de concreto e dissipou a manifestação da alucinação/aparição/holograma/entidade.

Lembrando-se de uma transcrição do Tao Te Ching numa das paredes do monastério de seu retiro, atribuída ao mestre Lao Tsé, Jeremias compreendeu, resignado, a ordem das coisas:

"Quando todos no mundo reconhecem a beleza como bela, então existe a feiura; quando todos reconhecem a bondade como boa, então existe o mal".

Deitou-se no catre e fechou os olhos. Seu coração parou de hesitar, e não mais bateu.

♫ *Eu não estou interessado*

Em nenhuma teoria

Nem nessas coisas do oriente,

romances astrais

A minha alucinação

É suportar o dia a dia

E meu delírio é a experiência

Com coisas reais ♫

EPÍLOGO

♫

Mas eu não estou interessado

Em nenhuma teoria

Em nenhuma fantasia,

nem no algo mais

Longe o profeta do terror

Que a laranja mecânica anuncia

Amar e mudar as coisas

Me interessa mais...

♫

Marta, Jonas e Clarinha caminhavam pelas bem cuidadas trilhas do frondoso bosque, no que seria um gostoso passeio dominical, não fosse o lugar um memorial. Perdido em pensamentos, Elton velava a discreta lápide do amigo Jeremias. O vento estava manso, o sol estava ameno e a grama estava viçosa. Um dia bonito demais para estarem num cemitério–parque.

– A morte de um amigo de infância é tão difícil quanto a de um filho. Produz o tipo de dor que se cristaliza dentro das pessoas, e passa a fazer parte delas, para sempre.

Elton olhou surpreso para o senhor ao seu lado. Há apenas alguns instantes, estava sozinho. Reparou no alinhamento do seu terno escuro, na elegância da postura, e, destoando do conjunto, nas fundas covas de seus olhos.

– Acredito que tenha razão – respondeu desconfortável. – Mas espero nunca chegar a poder comparar...

– Oh! É claro, é claro. Desculpe. É que conheço todas as dores. Às vezes falo demais.

– Perdão, mas... nos conhecemos?

– Certamente não sabe quem eu sou. Mas eu sei quem o senhor é, Sr. Elton. E devo dizer-lhe que o admiro bastante. Sabe... O senhor lembra-me outro utopista com *caráter de criança*, o Sr. Owen. Robert Owen. É claro, faz muito tempo. As circunstâncias eram outras...

Elton sentiu um calafrio incompatível com aquela manhã suave.

– Senhor, deseja algo de mim?

– Não, não. Quer dizer... Tenho uma curiosidade; poderia me ajudar com ela?

– Talvez.

– Seu amigo de infância, Jeremias, está morto – um mártir, eu devo acrescentar. O senhor teve que renunciar à Presidência e, seu vice, assim que assumiu seu posto, cancelou todos os seus atos, enterrando seus projetos. Diga-me: sente-se traído?

Elton ficou desconcertado com a pergunta do estranho. Esperava alguma provocação política, não algo de foro íntimo.

— Tudo... Tudo que fiz teve um objetivo bom. Tornar o povo nobre. Mas tudo acabou dando errado... Então... Sim, eu diria que o universo me traiu.

— O universo... Sr. Elton, o que é o povo?

— As pessoas de uma nação.

— Refere-se às pessoas afundadas em *indolente estupidez*? À *manada de animais tímidos e industriosos, dos quais o governo é pastor*? Àqueles para os quais *pensar é, de fato, um castigo*? Aos *irrecuperáveis, não ilumináveis, não educáveis, imunes ao conhecimento*?

— SIM! Meu objetivo era fazer deles pessoas inteligentes, francas, honestas e DIGNAS!

— Não tenho dúvida de que era isso que almejava, Sr. Elton. Mas, se me permitir, gostaria de fazer-lhe apenas mais uma pergunta, por oportuna: o que é o trabalho, Sr. Elton?

Sentindo-se mais intrigado que desafiado, Elton conceituou: — São as atividades que o Homem executa para atingir um objetivo.

— Hihihihihi... — Sob o olhar de interrogação de Elton, o estranho chacoalhou dentro de seu terno, e cravou: – Não me tenha por sofista, por favor. Mas vou dar–lhe outra definição: "trabalho" é aquilo que "tem que ser feito". Note bem: TEM que ser feito, querendo-se ou não. Não está ligado à vontade, satisfação, prazer, ou mesmo à disponibilidade. A própria origem da palavra já lhe pesa, pois está ligada a castigo. Os gregos desprezavam o trabalho, pois sua sociedade o considerava "coisa para inferiores". Dito isso, fica evidente que as pessoas só executam o tal "trabalho" em duas circunstâncias: se forem obrigadas pela força – uma circunstância de exceção, é claro –, ou por necessidade – e é nesta última que vou me ater. Ao tornar seu povo "nobre" – inteligente, franco, honesto, digno –, *quem*, então, sacrificará no altar da deusa da necessidade *os trabalhos incômodos, sujos, ingratos, indignos*? – desafiou o senhor de olhos fundos.

– Você disse "apenas mais uma pergunta", e eu já a respondi. Passe bem, senhor – irritou-se Elton, fazendo um movimento em direção à trilha do bosque.

– Já satisfez minha curiosidade, Sr. Elton – disse a figura, dando alguns passos na mesma direção da trilha. – Vou, então, apenas deixar–lhe uma observação: o povo, Sr. Elton, é algo que está sempre lá. Nunca aqui. Povo é o estofo da sociedade. É seu enchimento, o que lhe dá estrutura, forma, mas não apresentação, e nunca beleza. É um torto *Homo Sacer*; é a parte descartável da mobília, substituível quando murcha, quando perde sua capacidade de amortecimento, quando mofa. Não se enobrece o povo, Sr. Elton, pois deixaria de sê-lo. O senhor iria estragar – por um breve momento, é claro –, uma das premissas fundamentais do – aspas – "universo": desde que os mundos são mundos, povo se fabrica; *faz–se com que se divirta, para que não pense em outra coisa além disso. "Pão e circo", Sr. Elton. "Panem et circenses"...* O Sr. Aurélio está onde deve estar. Como seus antecessores, ele também será um bom fabricante de povo. Seu "universo" não trai, Sr. Elton. Apenas corrige.

Uma inesperada lufada de vento levantou terra e folhas secas, obrigando Elton a cobrir o rosto. Quando pôde olhar ao seu redor, estava sozinho.

♫ *Please allow me to introduce myself:*

I'm a man of wealth and taste.

I've been around for a long, long years.

Stole million man's soul and faith.

Pleased to meet you, hope you guess my name.

But what's puzzling you, Is the nature of my game...[33] ♫

---

[33] *Por favor, permita-me apresentar-me: eu sou um homem de riqueza e bom gosto. Eu estive por aí por longos, longos anos. Roubei a alma e a fé de milhões de homens. Prazer em conhecê-lo, espero que você adivinhe meu nome. Mas o que está te intrigando, é a natureza do meu jogo...*

"*A MAIOR LOUCURA DE QUE UM HOMEM PODE SER CAPAZ É SENTAR À MESA COM CANETA E PAPEL PARA PLANEJAR UM NOVO MUNDO SOCIAL.*"

William Graham Sumner

AGRADECIMENTOS

Aos artistas cuja inteligência em suas músicas faz minha mente vibrar: Roger Waters; Midnight Oil; Dave Matthews Band; Roberto Carlos; Titãs; Drugstore; Thom Yorke; Erasmo Carlos; Marisa Monte; Radiohead; Joy Division; John Lennon; Public Image Ltda; Belchior; The Rolling Stones.

Algumas expressões no texto são ecos de gigantes, com quem tento aprender: Domenico De Masi; Friedrich Engels; Adam Smith; Alexis de Tocqueville; Henry Ford; Charles Fourier.

Gostaria também de reverenciar aqui a obra do poeta Carlos Drummond de Andrade, da qual abuso com frequência.

Abertura   *(...) só resta ao homem (...) colonizar, civilizar, humanizar, o homem.* Trecho do poema "O homem; as viagens". Drummond de Andrade, Carlos. As impurezas do branco. São Paulo: 1ª ed., Companhia das Letras, 2012.

11   *Doctor, doctor, what is wrong...* Roger Waters. Amused to Death. Amused to Death. Legacy Recordings. 1992.

17   *Bartender, what is wrong with me?...* Roger Waters. Amused to Death. Amused to Death. Legacy Recordings. 1992.

19   *Who can make hard–won gains...* Midnight Oil. One Country. Blue Sky Mining. Columbia Rec. 1990.

23   *"Dádivas não conferem direitos"* Nietzsche, Friedrich – Humano, Demasiado Humano – Vol. I – Capítulo sexto: O homem em sociedade – 311. 1878.

26   *Who'd like to change the world?...* Midnight Oil. One Country. Blue Sky Mining. Columbia Rec. 1990.

27   *Don't drink the water...* Dave Matthews Band. Don't Drink the Water. Before These Crowded Streets. RCA Records. 1998.

31   *Não é possível que você suporte a barra...* Roberto Carlos. As Baleias. Roberto Carlos. Sony BMG. 1981.

33 *Who hands out equal rights?...* Midnight Oil. One Country. Blue Sky Mining. Columbia Rec. 1990.

61 *Who wants to please everyone?...* Midnight Oil. One Country. Blue Sky Mining. Columbia Rec. 1990.

67 *Oncinha pintada, zebrinha listrada...* Titãs. Bichos Escrotos. Cabeça Dinossauro. Warner. 1986.

69 *"A verdade jamais pode ser proferida de modo que seja compreendida, e não acreditada."* Blake, William – O Casamento do Céu e do Inferno – Provérbios do Inferno – 1790.

80 *"O imposto tem este nome porque, de outro modo, ninguém o pagaria."* Drummond de Andrade, Carlos. O avesso das coisas. Rio de Janeiro: Record, 1987.

81 *"De cada um segundo suas capacidades, a cada um segundo suas necessidades."* Marx, Karl. Crítica ao Programa de Gotha. 1875.

83 *"O homem abaixo é uma fonte de culpa; o homem acima, de frustração."* Rand, Ayn. A revolta de Atlas. São Paulo: Arqueiro, 2017.

84 *"A caridade seria perfeita se não causasse satisfação em quem a pratica."* Drummond de Andrade, Carlos. O avesso das coisas. Rio de Janeiro: Record, 1987.

89 Os cinco monstros: a necessidade; a doença; a ignorância; o abandono e o ócio. (BEVERIDGE apud De MASI) De Masi, Domenico. O futuro chegou:

modelos de vida para uma sociedade desorientada. Rio de Janeiro: Casa da Palavra, 2014.

89 *"(...) as pessoas passam a odiar quem fez um bem a elas."* Rushdie, Salman. Os versos satânicos. São Paulo: Companhia das Letras, 1998.

91 *Yeah yeah ya! Came from the skies...* Drugstore feat. Thom Yorke. El President. White Magic for Lovers. Roadrunner Records. 1998.

96 *I'm just a man...* Drugstore feat. Thom Yorke. El President. White Magic for Lovers. Roadrunner Records. 1998.

97 *Lá vem a temporada de flores...* Erasmo Carlos. Panorama Ecológico. Pelas Esquinas de Ipanema. Polydor Records. 1978.

100 *"Mas poderá ser feliz, por mais que o mundo ajude, quem no meio da vida descobriu, de repente, as lágrimas das coisas?"* Corção, Gustavo. O desconcerto do mundo. Campinas, SP: Vide Editorial, 2019.

101 *Lá vem a temporada de pássaros...* Erasmo Carlos. Panorama Ecológico. Pelas Esquinas de Ipanema. Polydor Records. 1978.

106 *Jeremias na tundra* - Ilustração de Álvaro Fantini Sobrinho. 2016.

106 *Lá vem a temporada de peixes...* Erasmo Carlos. Panorama Ecológico. Pelas Esquinas de Ipanema. Polydor Records. 1978.

107 *Há um vilarejo ali, onde areja um vento bom...*
Marisa Monte. Vilarejo. Infinito Particular. Phonomotor Records. 2006.

112 *Há um vilarejo ali [...] Pra acalmar o coração...*
Marisa Monte. Vilarejo. Infinito Particular. Phonomotor Records. 2006.

119,126 *They've killed the presidente...* Drugstore
feat. Thom Yorke. El President. White Magic for
Lovers. Roadrunner Records. 1998.

127 *Há um vilarejo ali [...] Lá o tempo espera...* Marisa Monte. Vilarejo. Infinito Particular. Phonomotor
Records. 2006.

129 *"carpe diem quam minimum credula postero"* Do
latim: "aproveita o dia e confia o mínimo possível no
amanhã" Horácio. *Carmina* (Odes) I, 11.8. 23 a.C.

130 *Há um vilarejo ali [...] Em todas as mesas, pão...*
Marisa Monte. Vilarejo. Infinito Particular. Phonomotor Records. 2006.

131 *Há um vilarejo ali [...] Por cima das casas, cal...*
Marisa Monte. Vilarejo. Infinito Particular. Phonomotor Records. 2006.

135 *Há um vilarejo ali [...] Tem um verdadeiro amor...*
Marisa Monte. Vilarejo. Infinito Particular. Phonomotor Records. 2006.

137,141 *Walk in silence...* Joy Division. Atmosphere. Single. Sordide Sentimental. 1980.

139   *"não é o suplício que faz o mártir, mas a causa."* (em latim: *"Non enim facit martirem poena, sed causa"*) Agostinho de Hipona, Santo. Sermão CCCXXVIII, em homenagem à festa dos Mártires. Século V.

142   *Worn like a mask of self-hate...* Joy Division. Atmosphere. Single. Sordide Sentimental. 1980.

151   *People like you find it easy...* Joy Division. Atmosphere. Single. Sordide Sentimental. 1980.

153   *Imagine no possessions...* John Lennon. Imagine. Single. Apple. 1971.

161   *"mão invisível"* (SMITH apud De MASI) De Masi, Domenico. O futuro chegou: modelos de vida para uma sociedade desorientada. Rio de Janeiro: Casa da Palavra, 2014.

162   *You may say I'm a dreamer...* John Lennon. Imagine. Single. Apple. 1971.

163   *Imagine there's no countries...* John Lennon. Imagine. Single. Apple. 1971.

164   *"(...) ordenamento jurídico em vigor que negligencia a realidade concreta dos cidadãos para privilegiar a formulação de arranjos institucionais"*. Sen, Amartya. A ideia de justiça. São Paulo: Companhia das Letras, 2011.

167   *"Nenhuma forma de governo que exclua a ditadura pode sobreviver quando a vida da nação está em jogo"* (em inglês: *"No form of government can survive that excludes dictatorship when the life of the nation is at* *stake.*") Rossiter, Clinton. Constitutional Dictatorship – Crisis Government in the Modern Democracies. New York: Routledge, 2002.

168   *You may say I'm a dreamer...* John Lennon. Imagine. Single. Apple. 1971.

169   *"Nenhum sacrifício pela nossa democracia é demasiado grande, menos ainda o sacrifício temporário da própria democracia."* (em inglês: *"No sacrifice is too great for our democracy, least of all the temporary sacrifice of democracy itself."*) Rossiter, Clinton. Constitutional Dictatorship – Crisis Government in the Modern Democracies. New York: Routledge, 2002.

170   *Imagine there's no heaven...* John Lennon. Imagine. Single. Apple. 1971.

171   *And the children of Melrose strut their stuff...* Roger Waters. Amused to Death. Amused to Death. Legacy Recordings. 1992.

175   *We watched a tragedy unfold...* Roger Waters. Amused to Death. Amused to Death. Legacy Recordings. 1992.

177   *We ohhed and awed...* Roger Waters. Amused to Death. Amused to Death. Legacy Recordings. 1992.

179   *And when they found our shadows...* Roger Waters. Amused to Death. Amused to Death. Legacy Recordings. 1992.

181 *Come out come out...* Dave Matthews Band. Don't Drink the Water. Before These Crowded Streets. RCA Records. 1998.

183 *Away away You have been banished...* Dave Matthews Band. Don't Drink the Water. Before These Crowded Streets. RCA Records. 1998.

185 *Here's the hitch...* Dave Matthews Band. Don't Drink the Water. Before These Crowded Streets. RCA Records. 1998.

190 *Now as I rest my feet by this fire...* Dave Matthews Band. Don't Drink the Water. Before These Crowded Streets. RCA Records. 1998.

191 *I live with my justice...* Dave Matthews Band. Don't Drink the Water. Before These Crowded Streets. RCA Records. 1998.

192 *I live with my hatred...* Dave Matthews Band. Don't Drink the Water. Before These Crowded Streets. RCA Records. 1998.

193,194 *I could be wrong, I could be right...* Public Image Ltda. Rise. Album. Elektra Records. 1986.

195,200 *Eu não estou interessado...* Belchior. Alucinação. Alucinação. Phonogram Records. 1976.

200 *"Quando todos no mundo reconhecem a beleza como bela, então existe a feiura; quando todos reconhecem a bondade como boa, então existe o mal"*. (LAO TSÉ apud CAPRA) Capra, Fritjof. O tao da física. São Paulo: Cultrix, 2006.

201   *Mas eu não estou interessado...* Belchior. Alucinação. Alucinação. Phonogram Records. 1976.

202   Robert Owen (1771 – 1858), socialista utópico
inglês, segundo De Masi: *"Realista e visionário. Ilumi-
nista humanitário, decidido a construir o paraíso na terra
sem passar pela revolução, mas apenas pelo uso da dupla
arma da educação e da persuasão."* De Masi, Domenico.
O futuro chegou: modelos de vida para uma sociedade desorientada. Rio de Janeiro: Casa da Palavra,
2014.

205   *"Pão e circo"* (em latim: *"Panem et circenses"*)
Juvenal – poeta satírico. Sátira. República Romana.
Século II a.C.

205   *Please allow me to introduce myself...* The Rolling Stones. Sympathy for the Devil. Beggars Ban-
quet. Decca (RU) / London (EUA). 1968.

207   *"A maior loucura de que um homem pode ser capaz é sentar à mesa com caneta e papel para planejar um
novo mundo social."* (SUMNER apud De MASI) De
Masi, Domenico. O futuro chegou: modelos de vida
para uma sociedade desorientada. Rio de Janeiro:
Casa da Palavra, 2014.

Contracapa *"Nos últimos 200 anos...* Hawking,
Stephen. O universo numa casca de noz. São Paulo:
6ª ed., Arx, 2002.

16 Assassinato de John F. Kennedy – Foto de reconstituição – Disponível em:

https://wafflesatnoon.com/kennedy-assassination-photo/

30 Caça a baleia – Foto do navio japonês Yushin Maru – Disponível em:

https://www.dw.com/pt-br/corte-de-haia-pro%C3%ADbe-jap%C3%A3o-de-ca%C3%A7ar-baleias-na-ant%C3%A1rtida/a-17533088

88 "Navalha de Ockham" – Princípio da economia: de múltiplas explicações adequadas e possíveis para o mesmo conjunto de fatos, deve-se optar pela mais simples daquelas. Disponível em:

https://pt.wikipedia.org/wiki/Navalha_de_Ockham

110 Assembléia no Plenário do Conselho de Segurança da ONU – Montagem em foto de Jason De-Crow/AP – 2014 – Disponível em:

http://g1.globo.com/mundo/noticia/2015/10/seis-novos-paises-se-juntarao-ao-conselho-de-seguranca-da-onu.html

114–117 *Fake Plastic Trees* Canção de Radiohead. The Bends. EMI, 1995. Disponível em:

https://www.youtube.com/watch?v=n5h0qHwNrHk

132 *RealDoll* Boneca em tamanho real com esqueleto móvel de PVC, juntas de aço e pele de silicone. Disponível em:

https://www.realdoll.com/

159 Um Ato de Coragem (título em inglês: John Q). Filme de Nick Cassavetes (2002). Disponível em:

https://pt.wikipedia.org/wiki/John_Q

169 Estátua de soldado de bronze – Foto de monumento em Estremoz – Portugal – Disponível em:

https://commons.wikimedia.org/wiki/File:Monu mento_aos_Mortos_da_Grande_Guerra_-_Estremoz_-_Portugal_(11306402735).jpg

178 Espaçonave – Montagem em foto de Slavoj Zizek – Disponível em:

https://outraspalavras.net/crise-civilizatoria/zizek-coronavirus-racismo-e-histeria/

204 *Homo Sacer* - Expressão em língua latina que significa "homem a ser julgado pelos deuses". Indivíduo que está completamente nu de direitos políticos, em um estado de abandono da lei. Disponível em:

https://pt.wikipedia.org/wiki/Homo_sacer

ÍNDICE ONOMÁSTICO

A

Agostinho, Santo – 139

B

Beveridge, William Henry – 89

C

Corção, Gustavo – 100

D

Drummond de Andrade, Carlos – abertura, 80, 84

Dostoiévski, Fiódor – 137

G

Guevara, Ernesto Che – 98

H

Hobbes, Thomas – 189

Hawking, Stephen - contracapa

K

Kennedy, Jacqueline (Jackie) – 16

Kennedy, John F. (Jack) – 16, 113, 151

Keynes, John Maynard – 83

M

Malthus, Thomas – 47

Monte, Marisa – 129

N____

Nietzsche, Friedrich – 23

O____

Oswald, Lee Harvey – 151

Owen, Robert – 202

R____

Rand, Ayn – 83

Rushdie, Salman – 89

Rossiter, Clinton – 167, 169

S____

Smith, Adam – 161

Sen, Amartya – 164

W____

Washington, Denzel – 159

Y____

Yorke, Thom – 114

1ª edição: fevereiro de 2022
impressão: Break Point Editora Ltda.
papel de miolo: Paperfect Susano 75g.
papel de capa: Cartão Triplex 250g.
tipografia: Book Antiqua 12.

Break Point Editora Ltda.
Caixa Postal 45 – CEP: 14001–970
Ribeirão Preto/SP (16) 3877–9511
www.breakpointeditora.com.br